Tucholsky
Wagner
Zola
Scott
Sydow
Fonatne
Freud
Schlegel
Turgenev
Wallace
Twain
Walther von der Vogelweide
Fouqué
Friedrich II. von Preußen
Weber
Freiligrath
Kant
Ernst
Frey
Fechner
Fichte
Weiße Rose
von Fallersleben
Hölderlin
Richthofen
Frommel
Engels
Fielding
Eichendorff
Tacitus
Dumas
Fehrs
Faber
Flaubert
Eliasberg
Ebner Eschenbach
Feuerbach
Maximilian I. von Habsburg
Fock
Eliot
Zweig
Vergil
Ewald
Goethe
Elisabeth von Österreich
London
Mendelssohn
Balzac
Shakespeare
Dostojewski
Ganghofer
Lichtenberg
Rathenau
Doyle
Gjellerup
Trackl
Stevenson
Hambruch
Mommsen
Tolstoi
Lenz
Droste-Hülshoff
Thoma
Hanrieder
von Arnim
Hägele
Hauff
Humboldt
Dach
Verne
Rousseau
Hagen
Hauptmann
Gautier
Karrillon
Reuter
Garschin
Defoe
Hebbel
Baudelaire
Damaschke
Descartes
Hegel
Kussmaul
Herder
Wolfram von Eschenbach
Dickens
Schopenhauer
Bronner
Darwin
Melville
Grimm
Jerome
Rilke
George
Campe
Horváth
Aristoteles
Bebel
Proust
Bismarck
Vigny
Barlach
Voltaire
Federer
Herodot
Gengenbach
Heine
Storm
Casanova
Tersteegen
Gilm
Grillparzer
Georgy
Chamberlain
Lessing
Langbein
Gryphius
Brentano
Claudius
Schiller
Lafontaine
Kralik
Iffland
Sokrates
Strachwitz
Bellamy
Schilling
Katharina II. von Rußland
Gerstäcker
Raabe
Gibbon
Tschechow
Löns
Hesse
Hoffmann
Gogol
Wilde
Gleim
Vulpius
Luther
Heym
Hofmannsthal
Klee
Hölty
Morgenstern
Goedicke
Roth
Heyse
Klopstock
Kleist
Luxemburg
Puschkin
Homer
Mörike
Musil
Machiavelli
La Roche
Horaz
Navarra
Aurel
Musset
Kierkegaard
Kraft
Kraus
Nestroy
Marie de France
Lamprecht
Kind
Kirchhoff
Hugo
Moltke
Laotse
Ipsen
Liebknecht
Nietzsche
Nansen
Ringelnatz
Marx
Lassalle
Gorki
Klett
Leibniz
von Ossietzky
May
vom Stein
Lawrence
Irving
Petalozzi
Platon
Knigge
Sachs
Pückler
Michelangelo
Kock
Kafka
Poe
Liebermann
Korolenko
de Sade
Praetorius
Mistral
Zetkin

Der Verlag tredition aus Hamburg veröffentlicht in der Reihe **TREDITION CLASSICS** Werke aus mehr als zwei Jahrtausenden. Diese waren zu einem Großteil vergriffen oder nur noch antiquarisch erhältlich.

Symbolfigur für **TREDITION CLASSICS** ist Johannes Gutenberg (1400 — 1468), der Erfinder des Buchdrucks mit Metalllettern und der Druckerpresse.

Mit der Buchreihe **TREDITION CLASSICS** verfolgt tredition das Ziel, tausende Klassiker der Weltliteratur verschiedener Sprachen wieder als gedruckte Bücher aufzulegen – und das weltweit!

Die Buchreihe dient zur Bewahrung der Literatur und Förderung der Kultur. Sie trägt so dazu bei, dass viele tausend Werke nicht in Vergessenheit geraten.

Sankt Thomas

Erzählung

Wilhelm Raabe

Impressum

Autor: Wilhelm Raabe
Umschlagkonzept: toepferschumann, Berlin

Verlag: tredition GmbH, Hamburg
ISBN: 978-3-8424-7047-7
Printed in Germany

Rechtlicher Hinweis:
Alle Werke sind nach unserem besten Wissen gemeinfrei und unterliegen damit nicht mehr dem Urheberrecht.

Ziel der TREDITION CLASSICS ist es, tausende deutsch- und fremdsprachige Klassiker wieder in Buchform verfügbar zu machen. Die Werke wurden eingescannt und digitalisiert. Dadurch können etwaige Fehler nicht komplett ausgeschlossen werden. Unsere Kooperationspartner und wir von tredition versuchen, die Werke bestmöglich zu bearbeiten. Sollten Sie trotzdem einen Fehler finden, bitten wir diesen zu entschuldigen. Die Rechtschreibung der Originalausgabe wurde unverändert übernommen. Daher können sich hinsichtlich der Schreibweise Widersprüche zu der heutigen Rechtschreibung ergeben.

Wilhelm Raabe

Sankt Thomas

Erzählung

1.
Don Franzisko Meneses

Im großen Meerbusen von Guinea, fünfzehn bis fünfzig Seemeilen von der Küste des afrikanischen Kontinents, liegt die Gruppe der Guineainseln, einzeln genannt: Fernao do Po, Isola do Principe, Annobon und Sankt Thomas. Diese Inseln wurden, nachdem wahrscheinlicherweise Karthager und Phönizier sie längst in ihren Logbüchern verzeichnet hatten, im Jahre nach Christi Geburt 1472 von den Portugiesen wiedergefunden, und die Flagge dieses einst so kühnen Seefahrervolkes weht heute noch auf Sankt Thomas und der Prinzeninsel, während Fernao do Po und Annobon in die Hand der Spanier gefallen sind; doch weder die Portugiesen noch die Spanier wissen mit ihrem Teil viel zu beginnen.

Wir erwecken die alte Zeit und erzählen eine Geschichte aus dem Jahre 1599, da Franzisko Meneses Gouverneur auf Sankt Thomas war und diese Ehre mit seinem Leben bezahlte.

Es ging aber damals nicht der Statthalter allein verloren. –

In diesem Jahre 1599 flatterte nicht das Banner von Portugal, sondern das von Spanien auf dem Schloß Pavaosa, und Don Franzisko hielt die Wacht für Don Philipp III. – daran war die Schlacht von Alcassar schuld. Von dieser Schlacht schreibt ein gleichzeitiger deutscher Chronist:

»Drey Könige haben sich umb ein Königreich geschlagen, und jhrer keiner hat doch das Königreich erhalten, sondern der, auff den man nicht gedacht hette, ist König worden. Das ist die Schlacht in Afrika, darinnen drey Könige umbkommen sind, nemblich Sebastian, der König von Portugal, Abdelmelech und Mahometh, zween barbarische Könige auß Mauritanien, und auff deß Königs von Portugal seiten sind todt blieben der Hertzog von Avero, die Bischöffe Conimbricensis und Portuensis, Item der Bäpstische Legat, der Marggraff auß Irlandt, Christoff von Tavora und viel andere Herren, tapffere Ritter und Edelleute. Abdelmelech, der Barbarische König, ist in der Stadt Feß begraben worden, eben in dem Habit, Kleide und köstlichem Geschmuck von Edelgesteinen und Perlen, darinnen er verschieden war. Deß Portugalischen Königs Leichnam unterstunden sich viel auß den gefangenen Edelleuten loß zu keuffen, und bohten dem newen Barbarischen König Hameto zehen tausend Ducaten dafür, aber der barbarische König gab jhnen zur Antwort, das sich nicht geziemen wolt, auß einem todten Leichnam Geldt zu keuffen, und ließ ihn gen Alcazara tragen und daselbs im Bilgerhause begraben.«

Der ehrliche deutsche Geschichtsschreiber wußte das ganz genau, wo der junge tapfere König Sebastian geblieben sei; aber das arme Portugal wußte es nicht und wollte nicht an das Grab desselben im Pilgerhause zu Alcassar glauben. Mit unerschütterlicher Sicherheit hoffte es auf seine Rückkehr, und je böser die Zeit, je härter und unerträglicher das Joch des neuen Herrschers wurden, desto mehr faßte diese Sehnsucht und Hoffnung Wurzeln in dem Herzen des Volkes, das seine große, glänzende Zeit noch nicht vergessen hatte.

Der neue Herrscher nannte sich Don Philipp II. von Spanien, und sein schlimmer Feldherr Ferdinand Alvarez von Toledo, Herzog von Alba, hatte ihm das unglückliche Land nach der kurzen Zwischenregierung des Kardinals Heinrich und der traumartigen Herrschaft des Königs Anton, Priors von Crato, unterworfen.

So war seit dem Jahre 1581 Portugal eine schlecht behandelte, gedrückte Provinz Spaniens und wurde unvermeidlich in alles Unglück und Elend dieses verfallenden Reiches hineingezogen, und Engländer und Niederländer behandelten seine Küsten und Kolonien nicht anders als alles übrige spanische Eigentum, auf welches sie die Hand legen konnten. So war auch die portugiesische Insel Sankt Thomas hispanisches Besitztum, und Statthalter war, wie schon gesagt, der hispanische Oberst Don Franzisko Meneses, ein tapferer, aber armer Mann, welcher den abgelegenen Posten in der Bai von Biafra genommen hatte, da ihn kein anderer nehmen wollte, und welcher von seiner Residenz, dem Schloß Pavaosa, aus das Volk der Eingeborenen, einen kräftigen, wohlgestalteten Negerstamm, in ziemlichem Respekt erhielt und nach besten Kräften das Seinige tat, mit seinen spanischen und portugiesischen Kolonisten und Besatzungstruppen den Bau des Zuckerrohres zum wünschenswerten Flor zu bringen und das Banner Don Philipps III. allen falschen Sebastianen, allen engländischen und holländischen Anfechtungen zum Trotz hochzuhalten.

*

Es war eine Hängematte zwischen zwei Palmenbäumen im Garten des Schlosses ausgespannt. Breitblätterige tropische Gewächse, wie sie die Sonne des Äquators hervorruft, beschatteten das schaukelnde Bett; ein Gebirgsbach rauschte an dem schönen Ruheplatze vorüber und eilte, hier von Gebüsch und Blüten verdeckt, dort frei über das flimmernde Gestein springend, dem Meere zu. Bunt, farbenschillernd, duftend war der Garten des Schlosses Pavaosa; aber die Luft zitterte über ihm; das rauschende und murmelnde, das klare, tanzende Wasser war ein böser Hohn, der Schatten war nicht Kühle.

Die Männer fluchten der furchtbaren Sonne, die Frauen sanken stumm vor ihr zusammen; für jeden, der nicht auf diesem Flecke geboren wurde, war das Leben eine Qual; und im Fiebertraum lag die junge Schläferin in der Hängematte zwischen den beiden Palmbäumen im Garten des Gouverneurs der Insel Sankt Thomas unter dem Äquator, Don Franzisko Meneses.

Doña Camilla Drago träumte vom Schneefall an den Ufern der Schelde und der Waal, von scharfen nordischen Seewinden, von Eisblumen an den runden, in schweres Blei gefaßten Fensterscheiben, vom Eis der holländischen Kanäle, vom lustigen Sturm, der nachts die Dachziegel klappernd bewegt und die Wetterfahnen auf den spitzen Giebeln lustig herumwirft, und ihr Oheim, der Gouverneur, gelb und ausgedörrt, blutleer und knebelbärtig, schwarzäugig und krummnasig wie der gute Ritter Don Quijote von La Mancha, saß zu Häupten ihres hängenden Lagers, hielt ihre heiße Hand und sprach mit Kopfschütteln vor sich hin:

»Mit allem schuldigen Respekt vor einem hohen Kriegsrat zu Madrid und meinem Herrn, Don Philipp III., aber dieses ist kein Ort und Aufenthalt für eine junge Dame, ungesagt gelassen, daß es auch bessere Ruheplätze geben mag für einen alten invaliden Kavalier, der seine Pflicht vom sechzehnten bis zum sechzigsten Jahre zu Fuß und Pferde, ja selbst an manchem Schiffsbord mühselig, aber freudig getan hat. Da gibt's doch manches Plätzchen, sei's in Spanien, sei's in Portugal, ja sei's selbst in Westindien, wo ein alter Ritter behaglicher seine Knochen zur Ruhe legen könnte, ungesagt gelassen, daß man hier nur sitzt, um vergessen zu werden, – o heilige Jungfrau, und auch von dieser jungen Dame, meiner Nichte, gar nicht zu sprechen!«

Der Alte zog die Spitzen des wohlgepichten Schnauzbartes durch die Hände, drehte den Knebelbart und verlor sich unter wiederholtem Schütteln des Hauptes in das tiefste Nachdenken über den nichtsnutzigen, ungerechten Zustand der Welt, den Verbrauch von Lanzenspitzen, Schwerterklingen, Schießpulver und wackern hispanischen Soldaten und Rittern überall, wo die Fahnen mit den Löwen und den Türmen wehten und natürlich mit dem Nachbar in Konflikt geraten waren. Er dachte tief nach über alle guten, mittelmäßigen und schlechten Statthaltereien diesseits und jenseits des Atlantischen Ozeans, am tiefsten über den Leichtsinn seiner edlen gotischen Ahnen, welche das Ihrige und damit auch das Seinige nicht zusammengehalten hatten, am allertiefsten aber über seine Nichte, Doña Camilla Drago.

Das war der ewige Kreislauf seiner Gedanken: er, Franzisko Meneses, habe nichts für seine eigene Person gegen die Insel Sankt Thomas im großen Meerbusen von Guinea, grade unter dem schwarzen erschrecklichen Strich, der Äquator genannt, einzuwenden, und der Sitz im Schloß Pavaosa sei ihm tausendmal lieber als das Stehen und Kriechen im Vorzimmer der großen Herren zu Madrid; aber die kleine, heiße Hand gehöre nicht in solche Statthalterschaft – basta!

Basta ist ein sehr böses Wort, wenn es sich hinter einer solchen Gedankenreihe als Riegel gegen die bangen Bilder und Vorstellungen, die noch kommen wollen und die Zukunft bedeuten, vorschieben will!

Die kleine Hand, welche so schlaff und matt von dem schwebenden Lager herniederhing, hatte ihre Geschichte, eine wildbewegte, abenteuerliche Historie – worüber das Folgende nachzulesen sein wird.

2.
Doña Camilla Drago

Im feuchtesten, frischesten Grün dehnte sich die weite flandrische Ebene, und der Regenbogen stand wie eine Brücke auf dem Lande; die Reiter und Rosse schüttelten die blitzenden Tropfen von sich, und die schweren friesischen Gäule vor der schwerfälligen, gewaltigen Kutsche, die von der streifenden Schar des Prinzen Moritz soeben angehalten worden war, trieften und schnoben wie eben dem Meer entstiegene Rosse Neptuns. In der Ferne hinter den grünen Hecken, die Wassergräben entlang, wurden noch Pistolenschüsse zwischen der fliehenden Bedeckung der spanischen Kutsche und den verfolgenden Reitern der Provinzen gewechselt; in dem Wagen selbst war aber die Stille des Grabes auf ein helles weibliches Jammer- und Hülfegeschrei gefolgt, und der zerzauste, pulvergeschwärzte Raufbold, welcher den Fang gemacht hatte und jetzt vorsichtig den Schlag öffnete, wußte durchaus nicht, was er mit diesem Haufen ohnmächtiger Frauenzimmer anzufangen habe. Weder er noch einer seiner lustigen Reiter führte ein Riechfläschchen in der Tasche oder im Sattelsack mit sich.

Mit einer sehr unhöflichen Redensart schob er den Hut vom rechten auf das linke Ohr und griff in das verwilderte Haar; aber er war doch kein übler Bursche; denn als die Genossen mit roheren Fäusten zugreifen wollten, um ihre Beute genauer zu untersuchen, tat er mit einem rauhen, aber ehrlichen »Halt da!« Einspruch. Und als sich aus den krampfhaft umschlingenden Armen der Dueña und der beiden Kammerzofen ein Jungfräulein, fast noch ein Kind, loswand und heftig in hispanischer Zunge auf ihn einredete, brummte er zwar ziemlich grob, daß er das Kauderwelsch nicht verstehe, aber er schlug doch zum zweitenmal die gieriger andringenden Hände seiner Reiter zurück und den Kutschenschlag zu, kletterte ächzend wieder auf den Gaul und kommandierte: »Marsch – zum Hauptquartier!«

Dieses »Hauptquartier« bedeutete den berühmten niederländischen Oberst Heraugière, den Eroberer von Breda, welcher sich von der ebenfalls eroberten, aber wieder aufgegebenen Stadt Huy an der Maas vor dem spanischen Feldzeugmeister La Motte zurückzog und augenblicklich in einer verwüsteten und geplünderten Mühle mit seinen Hauptleuten Kriegsrat hielt; und er sowohl wie mehrere seiner Offiziere verstanden nicht nur Spanisch, sondern auch Französisch. Aber alle, obwohl sie gewiß ebenso tapfere, abgehärtete Männer wie Signor Petruchio aus Verona waren und ebensooft wie er das Meer gleich wilden, schweißbedeckten Ebern wüten gesehen, ebensooft wie er in großer Feldschlacht Trompetenklang, Roßwiehern, Kriegsgeschrei gehört hatten, dachten nicht wie er von der Weiberzunge,

> die halb nicht gibt so harten Schlag dem Ohr
> als die Kastanie auf des Landmanns Herd;

sondern sie »entsetzten« sich sehr vor der Señora Rosamunda Bracamonte y Mugadas Criades, welche jetzt allmählich aus ihrer Ohnmacht erwacht war und sich mit außerordentlicher Zungenfertigkeit über ihre Gefangenschaft unter den Heiden beklagte. Sämtliche niederländische Herren zogen die Schultern zusammen und hielten die Hände vor die Ohren, und Heraugière fing an, seine Zähne sehen zu lassen, was immer ein böses Zeichen war, als das ebenfalls gefangene kleine Fräulein sich ins Mittel legte und ruhig und gefaßt im Kreise der grimmigen Geusenritter das Wort ergriff. Nachdem die heulende Dueña von einem Gefreiten aus des Müllers Stube abgeführt worden war, erfuhr man von dem Kinde, es sei die Tochter des hispanischen Obristen Don Alonzo Drago, habe bis jetzt in einem Nonnenkloster zu Lüttich gelebt und habe sich soeben auf dem Wege nach Brügge befunden, wo ihr Vater für den Grafen von Fuentes ein Regiment deutscher Hülfsvölker einübe.

»Da tut es mir recht leid, Doña Camilla, daß Euch das Schicksal meiner Streifschar in den Weg geführt hat«, sprach Heraugière höflicher, als es sonst seine Art war. »Unser Weg geht auf Herzogenbusch, und dorthin werden wir Euch samt Euern Damen mit uns führen müssen. Es ist nicht häufig, daß uns der Himmel eine so hübsche Geisel zum Geschenk macht; doch seid unbesorgt, ich werde schon neben Euerer Kutsche reiten, und im Fall uns der Herr von La Motte fürderhin unbelästigt läßt, sollt Ihr keine weitern Unbequemlichkeiten als die des rauhen Himmels und einiger Nachtmärsche zu befahren haben. Vorwärts, meine Herren, frisch zu

Pferde, auf daß wir den Lüttichern und ihrem frommen Bischof aus dem Blutbann kommen!«

Und Heraugière war so gut wie sein Wort. Er hielt auch diesmal Ordnung unter seinen Leuten, wie damals im Raume jenes weltberühmten Torfschiffes, durch welches er Herrn Paul Antonio Lansavechia und dessen Italiener in Breda so sehr in Verwunderung setzte. Der Señora Rosamunda Bracamonte y Mugadas Criades geschah nicht das mindeste Leid. Nicht einer der niederländischen Reiter war durch den Krieg so abgehärtet worden, daß er es gewagt hätte, sich an den Reizen und der Tugend der guten Dame zu vergreifen, und die beiden jüngeren Kammerfrauen führten kein Reisejournal. Es war ein kühler Mai im Jahre 1595, aber die Träumerin in der Hängematte auf Sankt Thomas gedachte ihres unfreiwilligen Zuges durch das Bistum Lüttich und die Grafschaft Brabant, wie der Verschmachtende in der Wüste sich eines kühlen Quelles erinnert. –

Im Herzogenbusch endete für dieses Mal der Zug des tapfern Heraugière; er nahm höflich Abschied von der Tochter des Obersten Drago, der viel zu eifrig im Dienste des Grafen von Fuentes war, als daß man ihm sein Kind gegen die gewöhnliche Lösung zurückgeben durfte. Im Haag, an einem der langsam fließenden Kanäle, lag das Haus Mynheers van der Does, und ihm oder vielmehr seiner Gattin war die junge spanische Geisel vom Prinzen Moritz zur Pflege und Beaufsichtigung übergeben worden. Da schwimmen im Sommer die Enten auf den Kanälen, da hüpfen im Winter die Krähen auf dem Eise, da gehen auf den Wiesen die Störche spazieren zur Zeit der Frösche, und auf den Wiesen von Süd-Holland führte Mefrouw van der Does die Niña an der Hand und machte ihr die Gefangenschaft so leicht als möglich und hielt sie mütterlich wie ihr eigenes Kind. Mefrouw hatte ein eigenes Kind, aber das ließ sich nicht mehr an der Hand leiten wie das spanische »meisje«. Georg van der Does, der wilde Knabe, kam nur heim, wenn sein Schiff auf der Reede von Vlissingen oder Scheveningen kalfatert wurde oder irgendwo im Eise festlag. Die niederländische Jugend hatte nicht Zeit, stillzusitzen und Sitte und Anstand zu lernen, und der Leichtmatrose Georg war nicht besser als seine Genossen. Im Winter fünfundneunzig kam er aber auf Urlaub, saß neben dem väterlichen Kamin und gab seine hundert grausigen Historien vom Kampf Bord an Bord, vom Entern und Versenken des Feindes, vom Hängen der

Piraten zum besten und war dem spanischen, hübschen Gaste gegenüber sehr blöde. Im Sommer sechsundneunzig kam er mit einem zerschlagenen Kopfe und wandelte, nachdem ihn die Señora Rosamunda Bracamonte einige Male am Ohr genommen, tüchtig zurechtgeschüttelt und zur Ordnung und Ruhe verwiesen hatte, recht sittsam, aber etwas weinerlich an ihrem Arm auf den grünen Wiesen zwischen den Störchen, den weißen und gelben Blumen. Unmutig und verdrossen horchte er den Erzählungen seiner Mutter von der Statthalterin Margareta, von der guten alten Zeit vor der Ankunft des Herzogs von Alba, von Wilhelm von Oranien, den Grafen Egmont und Hoorn und dem armen Prinzen Don Juan d'Austria; das spanische Fräulein war ihm schon der Dueña, Frau Rosamund, wegen ärgerlich – Doña Camilla Drago in ihrer Hängematte unter dem Äquator lächelt, als sie seiner gedenkt. – – – – – – – – – – – – – – –

Zwei bunte Vögel kamen durch die dunkelblaue Luft und jagten einander im Spiel um die beiden Palmen im Garten des Schlosses Pavaosa. Doña Camilla sah durch halbgeschlossene Augenlider ihr prächtiges tropisches Gefieder in der Sonne schillern; die scharfen Stimmen verwundeten ihr Ohr. Sie flatterten schwatzend um die hohen Gipfel, sie kletterten an den Stämmen, und plötzlich schossen sie wieder von dannen, dem Guineameer zu, welches hier und dort durch das Gebüsch leuchtete. Doña Camilla Drago sah sie verschwinden und legte die Hand auf die vor allem Glanz und Farbenspiel schmerzenden Augen: sie dachte an den 24. Januar 1597 – an die Schlacht bei Turnhout, an das Grab ihres Vaters im tiefen Schnee des Nordens.

Unter dem Oberbefehl des Grafen von Varax zogen die Truppen des Erzherzogs Albert von Österreich aus den brabantischen Winterquartieren aus: Neapolitaner des Regiments Trevigo, Deutsche des Regiments Sulz, Albaneser unter Niccolo Basta, Spanier unter Don Juan de Gusman, Don Juan Cordua und Don Alonzo Drago, Wallonen zu Fuß unter Barlotte und Cozuel, Wallonen zu Pferde unter Grobbendonck. Bei Gertruidenberg sammelte der Prinz Moritz seine Streitkräfte, achttausend Mann zu Fuß und achthundert Reiter, und Robert Sidney führte ihm fünfhundert Engländer aus den Besatzungen von Vlissingen und Briel zu. Um Mitternacht zwischen dem 23. und 24. Januar kam der niederländische Heereszug bei Ravels an, und bei Tagesanbruch stieß er auf den Feind, der sich nach abgehaltenem Kriegsrat bereits auf dem Rückzuge nach Herenthals befand. Da erhub sich das grimmigste Treffen. Mit wildem Ungestüm warfen sich die Schotten unter Murray und die Seeländer unter De la Corde auf den Feind, mit bedächtiger Tapferkeit folgten die Engländer unter Sidney und dem Ritter Veere. Gar treffliche Arbeit machte die Reiterei unter der Anführung der Grafen von Hohenlohe und Solms auf der Thieltschen Heide, und mit dem Grafen Varax wurde Don Alonzo Drago gleich im Anfange der Schlacht erschossen. Um elf Uhr mittags lag die spanische Macht im Schnee zu Boden. Achtunddreißig Fahnen des Fußvolkes und Dragos Reiterstandarte sandten die Niederländer nach dem Haag; durch alle freien Provinzen läutete man ob der Siegesbotschaft die Glocken; mit großem Triumph wurde auch der Prinz Moritz von Oranien im Haag empfangen; – durch seine Vermittlung erhielt die Tochter Alonzo Dragos ihre Freiheit von den hochmögenden Generalstaaten. Die Trompeten, welche diese glorreiche Viktoria von Turnhout in den Gassen des Haags ausbliesen, durften nicht wie anderer Klang im Ohr und in der Seele Camillas verhallen. Sie schmetterten über Land und See, sie waren nach Jahren noch nicht verklungen und zitterten um die Palmenwipfel im Garten des Schlosses Pavaosa. –

Im Frühling des Jahres 1597 nahm Camilla Drago Abschied von Mynheer und Mefrouw van der Does, und dieses Mal kam Georg ausdrücklich dazu von Scheveningen herüber. Er war blöder als je und wußte weniger als je zu sagen, und als die Sänfte des spanischen Fräuleins um die Ecke verschwunden war, verschwand auch er wieder, ohne in gewohnter Weise von seiner betrübten Mutter Abschied zu nehmen. Bis die Abendkanone ihn auf sein Schiff zurückrief, saß er auf einer Düne am Strande und zeichnete mit seinem Dolche Figuren in den Sand. –

Es war ein weiter Weg von dem grünen Haag bis zu der verlorenen Insel Sankt Thomas im Meerbusen von Guinea. Bis Bergen op Zoom ritt die niederländische Bedeckung neben der Sänfte Camillas, dann wurde sie zum großen Entzücken der Señora Rosamunda von spanischen Reitern abgelöst. Von Brüssel zog die Nichte Don Franzisko Meneses' unter dem Schutz kaiserlicher und italienischer Truppen den Rhein entlang und durch Tirol gen Italien. Von Genua

führte sie ein spanisches Schiff nach Barcelona; – im Herbste des
Jahres achtundneunzig ankerte der Kapitän Giralto im Hafen von
Sankt Thomas, und der Statthalter Philipps III. ließ auf allen Wällen
die Geschütze zu Ehren seiner Nichte abbrennen und führte gravi-
tätisch das müde Kind auf den glühenden Boden, der von nun an
ihre Heimat sein sollte. An der Hand des Kapitäns Giralto schritt
auch die Señora Rosamunda Bracamonte ans Land; ihre Erschei-
nung machte einen großen Eindruck auf die Besatzung, die Kolonisten und die nackten schwarzen Eingeborenen, welch letztere vor
ihrer Stattlichkeit zu beiden Seiten des Weges die Stirnen in den
heißen Sand drückten. –

3.
Der Kapitän José Giralto

Ein Kartaunenschuß vom Turm Abreojos erschütterte die Luft – ein Zeichen, daß ein Schiff in Sicht sei. Es flogen darob wieder viel farbige Vögel aus den Büschen und Bäumen auf, und der Gouverneur, seinem bedenklichen Nachsinnen entrissen, erhob sich schnell und schritt, nach einem letzten bekümmerten Blick auf seine Nichte, dem Schlosse zu; Doña Camilla Drago aber regte sich nicht. Sie hatte die Augen geschlossen; sie schien jetzt fest zu schlafen; eine Negerin nahm den Platz des Oheims ein, einen bunten Federfächer bewegend. Eine grüne Schlange wand sich aus den wunderlichen Wurzeln des Armleuchter-Pandangs hervor, sah auf die Schläferin und die lächelnde schwarze Sklavin, ringelte sich über den feinen Sand und verschwand in den breiten Blättern am Bache; noch schlugen die Whydafinken im Gebüsch, aber die Sonne sank dem Meere zu. Als der feurige Ball auf den Wassern lag, erhob sich ein forthallendes Getöse am Strande und in der Stadt – Schuß auf Schuß fiel vom Turm Abreojos; die Lärmglocke des Schlosses setzte sich in Bewegung; erschreckt ließ die Negerin ihren Fächer sinken, erschreckt richtete sich Camilla Drago empor, ein Schwarm von Dienerinnen stürzte herbei, und ihm folgte schnelleren Schrittes, als sonst mit ihrer Würde vereinbar schien, die Señora Rosamunda Bracamonte, die Hände erhebend und zusammenschlagend.

»Bei allen Heiligen, was ist geschehen? was geschieht? was bedeutet dieser Lärm?« rief die Nichte des Gouverneurs.

»Man hat doch nirgends Ruhe vor ihnen!« sprach die Señora im höchsten Grade erzürnt. »Da möchte ja selbst die heilige Inquisition an der Gerechtigkeit Gottes – er vergebe mir meine Sünden! – verzweifeln! Es ist nicht zu ertragen!«

»Die Ketzer! die Niederländer! die holländischen Rebellen!« jammerten die spanischen Dienerinnen. »Sie kommen mit hundert Schiffen. Sie haben den Kapitän Giralto über das Meer in die Bucht gejagt! Die heilige Jungfrau schütze uns, man zählt ihrer tausend Segel von den Türmen!«

»Das ist eine Fabel, ein törichter Schrecken«, sagte Camilla; aber die Dueña schüttelte den Kopf, der Lärm der Stadt Pavaosa wuchs von Augenblick zu Augenblick, die Lärmtrommeln der Besatzung rasselten auf den Wällen des Schlosses, und Doña Camilla Drago eilte durch die Gänge des Gartens, ihren Oheim aufzusuchen, – die tropische Nacht brach schnell herein.

Der Kapitän José Giralto war in der Tat mit seiner Brigantine Corona de Aragon übel zugerichtet in den Hafen von Pavaosa eingelaufen; vierzig niederländische Segel hatte er von der großen Kanaria her im Nacken gehabt und war der Gefangenschaft oder dem Untergange nur durch mannigfache Wunder der Geschicklichkeit und des Seemannsglückes entgangen. Dem wildesten Aufruhr war die Stille der Stadt und des Schlosses gewichen; Verwirrung herrschte überall und stieg, je dunkler es wurde; mit Fackeln und Windlichtern lief man durcheinander, auf den Bastionen wurden die Geschütze in Bereitschaft gesetzt, die waffenfähigen Kolonisten fanden sich mit Schwert und Spieß und Luntenbüchse auf den Sammelplätzen ein, Reiter sprengten die Küste entlang und ins Land hinein, um die vereinzelt Wohnenden zu warnen; ein Gemurmel und verhaltenes Lachen lief durch das eingeborene schwarze Volk, welches ebenfalls seine Boten zu den Bergen, zu den freien Brüdern sandte. Vom Meere bis zu den höchsten Spitzen der Gebirge wurden von den Negerkriegern die Streitkeulen geschwungen, die Köcher mit Pfeilen gefüllt und die Sehnen der Bogen geprüft; – auf dem Turme Abreojos faßte Don Franzisko Meneses die Hand seiner Nichte und seufzte:

»Mein Kind, mein Kind, ich wollte, du säßest in einem Kloster zu Madrid!«

»Das wollte ich nicht, Señor«, sprach Doña Camilla Drago. »Ich bin die Tochter eines guten Kavaliers, ich bin Euer Blut; wenn ich vor jedem Wölkchen zittern wollte, so würde ich zwei edlen Häusern gar arge Schande machen. Beim heiligen Michael dem Erzengel, mein Oheim, wir wollen Gott danken für die Wolke, von deren Nahen uns der Kapitän Giralto Nachricht gebracht hat: es war doch recht heiß geworden auf Sankt Thomas. Vorwärts zu Land und See und – Spanien, schließ dich!«

»Du bist ein gutes Kind, Camilla!« sagte der Gouverneur; »ich habe es ja immer gesagt, aber Vorwürfe macht sich der Mensch auch immer, zumal wenn solch eine hübsche junge Dame für seine Grille büßen und leiden soll. Der Kapitän Giralto wird sich nicht verzählt haben – vierzig Segel – wahrlich, es wird in der nächsten Zeit ein recht lebendiges Leben auf der Reede und um die Wälle von Pavaosa sein!«

»Um so besser«, sprach Doña Camilla. »Da sind sie übrigens!«

Sie deutete in die Nacht hinaus, in weiter Ferne flimmerten einige rote Pünktchen, das waren die Laternen an den Masten der nahenden niederländischen Flotte.

Mit derselben Gravität, mit welcher Don Franzisko vor einem Jahre die Nichte an das Ufer geleitet hatte, führte er sie jetzt die steilen Stufen des Turmes Abreojos hinab und übergab sie ihren Frauen. Er selber schritt zu den Bastionen am Strande, wo er sich von neuem mit großer Ruhe und Umsicht den Vorbereitungen zur Verteidigung seiner Statthalterschaft widmete. –

»Ich bitte Euch, Señor Giralto, wer ist denn der Erzbösewicht, der uns diese niederländischen Schlingel jetzt wieder einmal über den Hals führt?« fragte die Señora Rosamunda Bracamonte den Kapitän der Corona de Aragon unter dem Tore des Schlosses.

»Es freuet mich recht, Euch dienen zu können, Señora«, antwortete der Kapitän. »Auf dem Oranien hat der Admiral van der Does seine gelbe Flagge aufgezogen. Ein tapferer Mann, Señora; ein erfahrener, recht seekundiger Mann, nur ein wenig zu wohlbeleibt, zu schwer für ein Schiffsdeck. Bin ihm mehrmals nordostwärts vom Kap Finisterre begegnet, Señora, – ein recht wohlbeleibter Herr!«

»Nun kenne ich ihn auch!« rief die Dame wenig erfreut. »Ich bin ihm ebenfalls einige Male begegnet, doch mehr auf dem festen Lande. Er kam während unserer Gefangenschaft bei den Heiden dann und wann in das Haus seines Bruders im Haag. Mein Gott, mein Gott, in welcher wunderlichen Welt leben wir doch!«

»Ich erlaube mir, Euch um Urlaub zu bitten, Señora«, sprach der Kapitän. »Es ist immer angenehm, einen alten Bekannten wiederzufinden, und es würde mich sehr freuen, wenn auch ich meinerseits den Herrn Admiral nach Kräften würdig empfangen dürfte, wenn er morgen an unsere Tür klopft.«

»Ich erlaube mir, Euch in meine Gebete einzuschließen, Señor. Wer ist Euer Schutzheiliger?«

»Don Joseph von Arimathia«, sprach der Kapitän, den Hut ein wenig lüftend.

»Ich werde Euch seiner Aufmerksamkeit und Fürsorge dringendst empfehlen, Señor Kapitän. Geruhsamste Nacht!«

Mit zwei tiefen Verbeugungen nahmen die beiden Abschied voneinander. Die Señora trippelte schneller als gewöhnlich durch die Korridore, ihrer jungen Herrin mitzuteilen, wer die niederländische Flotte führe; der Kapitän aber ging nicht zu Bett, sondern war die ganze Nacht sowohl am Strande als am Bord seines Fahrzeugs mit den Vorbereitungen zur Begrüßung des niederländischen Admirals sehr beschäftigt; der Gouverneur jagte ihn jedoch noch vor dem Morgengrauen mit seiner Brigantine wieder aus dem Hafen.

»Ihr habt kein Recht, des Königs Schiff nutzlos verbrennen oder in den Grund bohren zu lassen, Señor Kapitän. Gebet nach dem Flusse Gabon.«

Auch Doña Camilla Drago schlief nicht. Auf die tödlichste Abspannung war die fieberhafteste Aufregung gefolgt; Doña Camilla erblickte auch von ihren Fenstern aus die Lichter der republikanischen Flotte auf der Meereshöhe, die langen Wogen des Atlantischen Ozeans schlugen dumpf rauschend an Fels und Gemäuer zu Füßen der Jungfrau. Doña Camilla Drago schritt die ganze Nacht zu großer Belästigung der Señora Rosamunda in dem Gemache auf und ab oder saß oder lehnte unruhvoll in der Fensternische und horchte den Wellen und dem Getöse der den Feind, den Todfeind erwartenden Bevölkerung der Stadt und des Schlosses Pavaosa.

4.
Ein niederländischer Orlogszug

In der Gruft des Eskorials, neben dem Vater, dem Kaiser Karl, schlief Don Philipp II. den letzten Schlaf. Die schweren Pforten waren hinter ihm zugefallen, der dröhnende Klang war verhallt in den Wölbungen; nichts störte mehr die Ruhe des Königs, nicht einmal der wilde, triumphierende Schrei, der von der Schelde bis zur Ems die Ufer der Nordsee entlang und weit ins Land hinein durch das Volk lief, als ihm die Glocken der noch gefesselten Grenzstädte die große Nachricht verkündeten. Am 2. April des Jahres neunundneunzig bereits schleuderten diese freien Provinzen dem neuen Manne, welcher sich noch immer ihren Herrscher nannte, ihren neuen Absagebrief ins Gesicht. Sie erließen an alle Nationen und Regierungen Europas ein Manifest, in welchem sie ihnen allen Handelsverkehr zu Wasser und zu Lande mit der Krone Spanien, dem Erzherzog Albert und seiner Gemahlin und Mitregentin Clara Isabella Eugenia *verboten*, und zu Wasser und zu Lande wagte nur der tapfere Christian IV., der König von Dänemark, dieses Schriftstück ad acta zu legen. Es waren wahrlich hochmögende Herren aus den Bettlern geworden seit dem Jahre fünfzehnhundertsechsundsechzig!

Sie hämmerten und klopften auf ihren Werften Tag und Nacht, und der lebende König Philipp III. vernahm den Schall, den sein Vorgänger nicht mehr hören konnte. Sie drehten Seile und gossen Geschütze, sie schmiedeten Anker und Enterhaken, sie erfanden eine neue Steuer und musterten Mannschaft, und am 25. Mai neunundneunzig liefen sie aus der Maas, dem neuen Könige von Spanien persönlich Glück zu seiner Thronbesteigung zu wünschen. Fünfundsiebenzig große Schiffe und achttausend Mann Matrosen und Schiffssoldaten nahmen an diesem Gratulationsbesuche teil; Admiral war in der Tat, wie der Kapitän José Giralto richtig erkundet hatte, Mynheer van der Does, und als Contre-Admirale oder Schouts by Nacht hatte man ihm die Herren Jan Gerbrant und Cornelius Lensen gegeben. Als sie aber am 11. Juni vor Coruña anklopften, fanden sie die Tür verschlossen und die spanische Flotte unter den Geschützen der Festung wohlgeborgen vor Anker. Nach einem hitzigen Angriff und einem heftigen, aber ebenfalls vergeblichen Bombardement hielt man einen Kriegsrat, in welchem man beschloß, vor Lissabon den Versuch nicht zu wiederholen, sondern einen Überfall der Glücklichen Inseln zu wagen. Mit günstigem Winde langte man am 26. Juni auf der Höhe der Großen Kanaria an und warf der Stadt Palma und der Festung Gratiosa so nahe als möglich Anker.

»Jetzt mach deiner Mutter einmal eine rechte Freude und fang ihr einen Affen mit eigener Hand, Georg, mein Junge«, sagte der Admiral zu seinem Neffen, als er an Bord des Oranien den Fuß auf die Schiffstreppe setzte, um die Landungstruppen zu führen.

Die Treppe schwankte und knarrte unter dem Gewicht des riesenhaften Mannes, aber sie trug ihn. Mit einem lauten Jubelruf sprang ihm Georg van der Does nach in die Schaluppe, und mit ebenso wildem Geschrei folgten die Matrosen und Soldaten. Von allen Schiffen aus setzten sich die Boote, unter dem Donner der Kanonen, gegen den Strand in Bewegung; aber auch die Große Kanaria eröffnete ihr Feuer gegen den nahenden Feind. Die Seichtigkeit des Wassers hinderte bald das weitere Vordringen, die Schaluppen gerieten auf den Sand, und es fiel manch guter niederländischer Mann unter einer spanischen Kugel.

»Zeigt ihnen, daß die Frösche von Seeland und die friesischen Wasserratten ihre Kunst noch nicht verlernt haben!« schrie der Admiral. »Heraus aus den Waschbutten; was nicht schwimmt, muß krabbeln! Ein Vivat für die Herren Generalstaaten!«

Er sprang auch hier zuerst vom Bord und watete keuchend und schnaufend gegen das Ufer; eine Kugel streifte seine Schulter, aber er schüttelte sich nur und sagte: »Pfui Teufel!« Zuerst gelangten auf festen Boden Georg van der Does und Heinrich Leflerus, der Prädikant von Ysselmünde und Almosenierer der Flotte, der erste mit dem Schiffsmesser in der Faust, der andere mit der Bibel unter dem Arme. »Alle duivels!« sagte der eine; – »O Herr, gib deinem Volke den Sieg!« rief der andere.

Und sie »krabbelten« ihnen nach und kamen ebenfalls zu Lande, Admiral und Schout by Nacht, Kapitäne, Steuermänner, seebefahrene Matrosen, Aufläufer und Jungen, Hellebardiere und Büchsenschützen aus Nord- und Süd-Holland, aus Friesland und Gelderland, aus Utrecht, Groningen und Seeland. Sie trieben mit großer Macht das Inselvolk vor sich her und jagten es hinter seine Wälle. Sie nahmen das Kastell Gratiosa im ersten Anlauf mit Sturm und waren am Abend mit ihrem Tagewerk recht zufrieden. Als am dritten Morgen nach der Landung Mynheer van der Does den Fuß bereits auf die Sturmleiter gesetzt hatte, besann sich auch die Stadt Palma eines Bessern, schickte einen Trompeter und Parlamentär auf den Wall und öffnete nach kurzer Verhandlung ihre Tore. Die einziehenden Niederländer fanden freilich die Gassen ziemlich menschenleer, denn der größte Teil der Bevölkerung hatte sich mit Kind und Kegel in die Berge geflüchtet; aber man machte dessenungeachtet eine gute Beute und hatte zudem das Vergnügen, auf den Bauhöfen, den Werften, in den Gefängnissen einer großen Zahl Landesgenossen die Ketten abzunehmen. Mynheer van der Does verstand's, einen guten Kehraus zu machen; selbst die Glocken der Kirchen und Klöster erschienen ihm des Mitnehmens wert, und er machte sich kein Gewissen daraus, sie auf seine Schiffe bringen zu lassen. Am ersten Julius hielt Henricus Leflerus vor versammeltem Heer sehr gerührt die Dankpredigt für alles genossene und gefundene Gute, worauf man, um das Werk zu krönen, die Stadt Palma an allen vier Ecken in Brand steckte und sämtliche Kastelle unter ungeheuerem Jubel in die Luft sprengte. Nachher segelte man heiter und mit dem leichtesten Gewissen gen Gomera, allwo der »opperkerkvoogd« und Prädikant von Ysselmünde, Mynheer Henricus Leflerus, Gelegenheit fand, seine Predigt zu wiederholen, und wo die Säcke so voll wurden, daß der Admiral den Schout by Nacht Jan Gerbrant mit fünfunddreißig schwerbeladenen Schiffen nach dem Texel zurückschicken mußte, um den Plunder in Sicherheit zu bringen. Der Kapitän José Giralto sah vom Stern seiner Brigantine auf der Meereshöhe den Rauch der angezündeten Kolonien und die Trennung der niederländischen Flotte; er sah aber auch den Oranien mit der gelben Admiralsflagge wiederum das Bugspriet gegen Südwest drehen und verlor, wie wir bereits wissen, die niederländische Armada bis auf die Höhe von Sankt Thomas kaum aus dem Gesicht, hatte auch, wie wir ebenfalls bereits wissen, mehrfach Gelegenheit, Kugeln mit ihr zu wechseln.

Der Prädikant von Ysselmünde, Herr Heinrich Leflerus, ging nicht mit dem Schout by Nacht nach Holland zurück. Außerdem, daß er so schöne Dank- und Siegespredigten halten konnte, hielt er auch ein Tagebuch und verzeichnete darin mancherlei, was der Admiral nicht wert hielt, es seinem Log einzuverleiben.

»Die sollen dem Herrn danken um seine Güte und um die Wunder, so er an den Menschenkindern tut, die mit Schiffen auf dem Meere fuhren und trieben ihren Handel in großen Wassern!« sprach er mit dem Psalmisten und passierte mit Erstaunen und Kopfschütteln das »Dunkelmeer«, das Staubgewölk, in welches der Wind der Sahara die See um die Inseln des grünen Vorgebirges hüllen kann. Sehr in Verwunderung setzten auch die fliegenden Fische den ehrwürdigen Herrn, und recht kurioser Art waren die Bemerkungen, welche er über sie zu Papiere brachte. Mynheer van der Does ließ ihm zu seinem besondern Vergnügen einen Haifisch fangen und gab ihm somit Anlaß, das gefräßige Ungeheuer zum passenden Texte seiner nächsten Sonntagsrede zu machen und allerlei fromme Betrachtungen über den Antichrist, den nichts ahnenden Papst Innocenz IX., den guten Sultan Murad III. und den König Don Philipp III. daran zu knüpfen. Er versuchte es, den Neffen des Admirals zu einem aufmerksamen Teilnehmer an seinen nautischen, geographischen, naturhistorischen, philosophischen und theologischen Observationen und Studien zu machen, aber Georg van der Does täuschte die Erwartungen des trefflichen Mannes in betreff seiner Willigkeit und Teilnahme auf das schändlichste. Georg van der Does hatte ein bedeutend größeres Interesse an der immerfort den niederländischen Enterhaken und Kartaunenkugeln entwischenden Brigantine des Kapitäns José Giralto als an den tiefsinnigsten Hypothesen und scharfsinnigsten Auseinandersetzungen des Prädikanten von Ysselmünde, Henricus Leflerus. Überdies wußte Georg van der Does aus dem Munde der Gefangenen von der Großen Kanaria und Gomera, wer Gouverneur auf Sankt Thomas, dem jetzigen Ziel des Seezuges, sei, und dachte häufiger, als man von ihm hätte erwarten sollen, an die Möglichkeit, eine alte Bekanntschaft wieder anzuknüpfen. –

Man fuhr an den Inseln am Kap Verde vorüber, ohne anzulegen und das Spiel von den Kanarien zu wiederholen; es galt jetzt, mit möglichstes Schnelligkeit die Küsten von Brasilien zu erreichen, auf der Guineainsel wollte man nur frisches Wasser einnehmen, und weder Admiral noch Contre-Admiral hatten eine Ahnung von dem, was das Schicksal anders beschlossen haben könne.

»Land, Land! Land ahoi!«

Einen Augenblick später versank das ferne blaue Wölkchen, das Gebirge von Sankt Thomas, in die tropische Nacht.

5.
Die Landung

Mit der wieder aufgehenden Sonne kamen sie heran in einem weiten, mächtigen Halbkreise: zur Linken der Admiral, zur Rechten Mynheer Cornelius Lensen von Vlissingen, in der Mitte Mynheer Gerhard Storms van Wena. Die atlantische Woge schien sich jauchzend vor dem Bug ihrer Orlogsschiffe zu teilen, mit tausendstimmigem Jubelruf begrüßte die Flotte das aus den Wassern aufsteigende Schloß Pavaosa, welches durch einen Kanonenschuß der Stadt und den schwachen Befestigungen des Ufers das Zeichen gab, sich zur Abwehr bereit zu halten.

Auf dem Turm Abreojos unter dem im veratmenden Morgenwinde leise sich regenden Banner von Spanien stand Doña Camilla Drago. Sie sah den Oranien sich in die gefährliche weiße Rauchwolke hüllen, der dumpfe Knall dröhnte nach, ein Zischen und Pfeifen ging an ihr vorüber, dann schien sich der Boden unter ihren Füßen zu bewegen: mit allem Geschütz der Seeseite antworteten das Schloß und die Stadt Pavaosa auf den niederländischen Gruß.

Ächzend hielt sich unten im Gemache die Señora Bracamonte die Ohren zu, die spanischen Dienerinnen lagen mit hellem Wehklagen vor dem Bilde der heiligen Jungfrau, und die schwarzen Weiber lagen auf der Erde und stießen unartikulierte Töne des Grauens aus. Doña Camilla Drago umfaßte die Fahnenstange auf dem Turme Abreojos. Wenn der Qualm und Rauch unter ihr hie und da sich zerteilte, sah sie das Meer mit den feindlichen Schaluppen bedeckt; immer wilder ward das Geschrei und Rufen am Strande, das Knattern der Büchsen fing an, sich mit dem Donner der Kanonen zu mischen; die Sonne des Äquators erhitzte von neuem die Steinplatten und die Brüstung des Turmes, aber Camilla hatte in diesen Augenblicken nicht das Bewußtsein von ihr wie die das Ufer gewinnenden Männer aus dem Norden. –

»Herrgott von Brügge, da geht einem der Schweiß herunter!« rief der Admiral der hochmögenden Generalstaaten, seine Riesengestalt in den Sand werfend. »Vorwärts, wer noch nach Luft schnappen kann! Jage die Dons, wer mag; ich bin fertig für diesen Morgen!«

»Ein Vivat für den Herrn Oheim! Voran! voran!« schrie Georg van der Does, über den atemlosen Verwandten wegspringend und mit den keuchenden niederländischen Haufen vorwärts eilend.

»Nehmt das Ding in die Hand und gewinnt ihm das Beste ab, Mynheer van Wena!« rief der Admiral dem eben am Strande anlangenden Befehlshaber zu. »Ehrwürdiger Herr Henricus, nehmt Euch Zeit, kommt her und verschnauft ein wenig; wir haben nicht so große Eile um das Kinderspiel.«

Der Prädikant von Ysselmünde nahm den breiträndigen Hut ab und trocknete die schweißtriefende Stirn.

»Mynheer van der Does«, sagte er, »das ist ein heißes Land. Wie lange gedenket Ihr Euch allhier zu verweilen?«

»Nun«, lachte der Admiral, »den Strand haben wir, und Cornelius Lensen scheint von der See aus gute Arbeit gegen Schloß und Stadt zu machen; er geht wacker mit seinen Breitseiten dran und wird die hispanischen Mauern hoffentlich bald zu Boden legen. Ich verhoffe, daß wir nicht nötig haben, uns zu Mohren versengen zu lassen.«

»Das ist mir recht lieb«, seufzte der Prediger. »Es ist in der Tat eine merkwürdige Sonne.«

Immer neue Scharen sprangen aus den Booten und eilten in ziemlich ungeordneter Hast gegen die Stadt, aber das Krachen der Büchsen verstummte allmählich, die Verschanzungen am Ufer waren von den Niederländern genommen, mit Toten und Verwundeten war der Boden zwischen dem Meer und den Mauern der Stadt überstreut; Niederländer, Spanier, Neger und Mulatten durcheinander; ein Bote kam vom Schiffshauptmann Gerhard Storms, um den Admiral zu fragen, ob's nicht anständig und vielleicht bequemlicher sei, den Gouverneur der Insel zur Übergabe aufzufordern.

»Es wird zwar vergeblich sein, Mynheer Pieter Klundert«, sagte der Admiral zu dem Fähnrich, welcher ihm die Frage überbrachte, – »ich kenne den Alten drin vom Hörensagen; aber – meinetwegen; es gibt unsern Leuten Zeit, die Hitze zu verblasen und sich nach den Gelegenheiten des Ortes umzusehen. Lasset dem Señor das Stücklein vorpfeifen, Mynheer; ich folge Euch auf dem Fuße.«

Eine Viertelstunde später unterhielten sich der niederländische Befehlshaber und Don Franzisko Meneses an der Stadtmauer auf das freundschaftlichste.

»Ich lasse Euch keinen Stein auf dem andern, wenn ich hineinkomme, Señor«, sprach der Admiral mit dem Hute in der Hand.

»Wir haben von Euerm Verhalten auf den Kanarien in betreff dieses vernommen«, erwiderte der Gouverneur mit ausgesuchtester Höflichkeit. »Wir wollen aber unser Bestes tun, Euch draußen zu halten, so lange als möglich, Señor.«

»Ich zweifle nicht an Euerer Tapferkeit und Euern Hülfsmitteln, Señor; aber ich will Euch doch noch einmal fragen, ob das Euer letztes Wort ist?«

»Der König erlaubt kein anderes.«

»So wünsche ich Euch eine recht gesegnete Mahlzeit und eine angenehme Siesta, Don Franzisko. Ich werde mich mit Euerer Erlaubnis vor Euern Wällen einrichten und hoffe Euch baldigst wiederzusehen.«

»Lebet wohl, Señor Almirante, und nehmet meine Entschuldigung an, wenn ich Euch nicht zur Mahlzeit einlade.«

Mit zwei tiefen Verbeugungen, nach Art der Señora Bracamonte und des Kapitäns Giralto, schieden die beiden Führer voneinander. Mynheer van der Does zog sich langsam zu den Seinigen am glühenden Meeresufer zurück, und ebenso langsam umschritt Don Franzisko Meneses seine Wälle, um hier ein ermunterndes Wort zu sprechen, dort einen Befehl zu geben und überall den Mut und die Hoffnung der Truppen und der Kolonisten durch sein Erscheinen zu beleben. Das Feuer der feindlichen Flotte hatte natürlich während der Unterhandlung geschwiegen; die Sonne trat in den Zenit, regungslos lagen die gewaltigen Schiffe im Halbmond auf der Reede; aber auch die ausgeschifften Mannschaften lagen regungslos, wo sie nur den notdürftigsten Schatten fanden. Sie hatten die Brustharnische, die Sturmhauben, die Woll- und Teerjacken abgeworfen; die Schwert- und Messerklingen, die Büchsenläufe, welche der Sonne ausgesetzt wurden, brannten in der Hand, als ob sie eben aus der Esse des Schwertfegers kämen. Die Siesta, welche der Gouverneur von Sankt Thomas nicht hielt, hielt der Admiral der niederländischen Orlogsflotte. Er lag unter einem zwischen den Bäumen ausgespannten Tuch auf dem Bauche und streckte seine Gigantenglieder so weit als möglich von sich; Heinrich Leflerus träumte unter einem andern Zeltdach von seinem kühlen Predigerhaus zu Ysselmünde; Georg van der Does aber saß wach und lebendig unter einer Palme neben dem am weitesten gegen das Schloß Pavaosa vorgeschobenen Posten und zeichnete auch hier Figuren in den Sand wie einst auf der Düne am Strande bei Scheveningen; daß auch er dann und wann ein Gähnen nicht unterdrückte, konnte ihm nicht zum Vorwurf gemacht werden. –

Um vier Uhr nachmittags unterfing sich Don Franzisko eines Ausfalls auf die seine Widerstandskraft allzu leichtsinnig verachtenden Niederländer. Er warf mehrere noch immer schlaftrunkene Vorwachten über den Haufen und richtete nicht geringen Schaden an, bis er von überlegener Macht zurückgetrieben wurde. Die der Stadt und dem Kastell zunächst gelegenen Pflanzungen gingen, teils von den Eigentümern selbst, teils von plündernden Streifpartien des Feindes angezündet, in Flammen auf. Von der Flotte schaffte man am Spätnachmittag Geschütz zu Lande; mit seinen Offizieren umschritt Mynheer van der Does die Stadt, um die zum Angriff geeigneten Stellen auszukundschaften; der einzige wirkliche Gewinn aber, den er außer der Besitznehmung des Strandes von diesem Tage zog, lag in den Unterhandlungen, welche er mit den aus den Bergen herabgestiegenen freien schwarzen Häuptlingen, den Todfeinden der Spanier, anknüpfte. Sie konnten ihm Volk stellen, das der Sonne besser gewachsen war als seine eigenen Leute, und mit sehr ernster Miene sah Don Franzisko Meneses, von seinen Mauern aus, diese dunkeln Gestalten unter den Haufen seiner Angreifer erscheinen. Er wußte besser als irgendein anderer, daß ihm solches nichts Gutes bedeute; er preßte die Lippen zusammen und blickte scheu über seine Schulter nach den Palmen- und Tamarindenwipfeln seines Gartens; seine Hand spielte einen Augenblick mit einem leisen Zittern am Griffe seines Dolches; dann aber hob er den Hut von der sorgen- und angstvollen Stirn und sprach:

»Der Wille Gottes wird immerdar geschehen; aber ich wollte doch, sie säße zu Madrid im Kloster und stickte Meßgewänder oder malte heilige Agnesen auf Pergamentblätter.«

6.
Die Galatea des Herrn Miguel Cervantes

Im Garten des Schlosses Pavaosa zwischen den beiden hohen hohen Palmen lag Camilla Drago wieder in ihrer Hängematte; in der dritten Woche nach der Landung der Niederländer. Wie immer rauschte der Bach durch das blühende Dickicht, wie immer umtanzte er das ihm künstlich in den Weg gelegte schimmernde Gestein und wußte nichts davon, wie sehr sich die Welt jenseits der schützenden Mauern verändert hatte. Alle Vögel waren von den niederländischen und von den spanischen Geschützmeistern verjagt worden, und die glänzenden Pfauen, die Perlhühner, die tropischen Reiher mit den gestutzten Flügeln, die nicht fliehen konnten, saßen verschüchtert und angstvoll am Boden unter dem überhängenden Gesträuch. Auch die Señora Rosamunda Bracamonte saß am Boden auf einem niedrigen Kissen neben dem Lager der jungen Gebieterin, ließ die Kügelchen des Rosenkranzes durch die Finger gleiten und hatte ihre Gewänder so dicht an sich gezogen wie der geduckte Pfau seine Federnpracht.

»O Turm Davids, wie toben die Heiden!« stöhnte sie bei jeder neuen Explosion. »O Ursache der Fröhlichkeit, o geistliche Rose, elfenbeinerner Turm, schütze uns, bitte für uns! O Maria, Königin der Engel, der Patriarchen, der Apostel, der Märtyrer, der Propheten, der Jungfrauen, erhöre uns! Das muß wahr sein, mein Fräulein, Ihr seid vom Himmel mit einem kostbaren Schatz von Gleichmut ausgestattet – wie könnt Ihr so daliegen und kein Glied regen bei solchem Lärm und Schrecken? Ich glaube, wenn die Welt unterginge, Ihr würdet nicht mit dem Augenlid zucken. Wahrhaftig, ich glaube, Ihr schlaft mir ein trotz dem Spektakel – das muß ich sagen!«

»Ich schlafe nicht«, sprach Camilla mit sanfter Stimme. »Ich weiß nur nicht recht, was ich tun soll. Es ist so seltsam, ich höre freilich die Schlacht, aber hier schwebe ich ohne Körper in der blauen Luft. Ich rege die Hand nur mit Mühe, und doch bin ich so leicht, so leicht! Ich hatte ein böses Fieber lange Zeit – die Sonne war schuld daran; nun bin ich genesen, und der eiserne glühende Reif ist von meiner Stirn genommen. Die Schwere ist vom Feuer verzehrt worden – ich bin so glücklich!«

»Jesus, Doña Camilla, wie redet Ihr! O heilige Barbara, unsere besten Krieger sind auf der Mauer und dem Wall gefallen oder quälen sich mit ihren Wunden; – das Fieber regiert in Pavaosa, und Euer Herr Oheim sieht von Tag zu Tag finsterer drein: wie könnt Ihr reden von Glück, Doña Camilla Drago? In jedem Augenblick kann der Feind hereinbrechen, und sie werden kommen, die Heiden, wie sie über die Leute zu Palma und auf Gomera gekommen sind. Der Kapitän Giralto hat mir davon erzählt, ehe er wieder mit seinem Schiff vor der niederländischen Landung in See ging. Man hat keinen Menschen zu Trost und Ratschlag, seit der Kapitän sich im Flusse Gabon bei seinen Elefanten und Elefantenjägern verkrochen hat; ach, Doña Camilla, ich bin eine alte Jungfrau und habe Euch von den Windeln an nach besten Kräften gewartet, gewaschen und in allem Guten unterwiesen, nun macht das wieder gut und sprecht mit mir! Starrt nicht so in die Höhe, in die leere Luft; – habt Ihr denn wirklich Euere Lust daran, meine Herzensangst zu vergrößern? Anastasia ist gestern gestorben, Emerenciana ist von einem indischen Pfeil getroffen, Thomasiana sitzt mit ihren Krämpfen im Keller; bedenket, Ihr habt nur noch mich, also seid gut und reget Euch einmal, richtet Euch einmal auf und sprecht ein Wort, welches sich anfassen läßt!«

»Wo blieb mein Gedächtnis?« fragte Camilla. »Wie sagtest du, Liebe, daß der Feldherr vor der Stadt sich nenne?«

Die Señora schlug die Hände zusammen. »Kind, Kind«, rief sie, »das ist ein Jammer mit dir! Holofernes – nein, nein, van der Does nennt sich der Holofernes. Wir kennen ihn ja leider gut genug von der babylonischen Gefangenschaft her; er hat uns damals im Haag schon halb zu Tode gequält mit seiner Tabakspeife und seinem Bierkrug und seinem entsetzlichen Gelächter –«

»Recht, recht... wenn ich nur den Traum von der Wirklichkeit scheiden könnte, Rosamund. Da war auch der Knabe, der Sohn der guten Dame, in deren Hause wir lebten; – Georg hieß er, Georg van der Does –«

»Ihr habt ihn ja gesehen vom Turm del Oriente, den jungen Bösewicht! 's war damals schon ein sauberes Früchtchen; aber nunmehr ist's zum Abfallen reif. Wenn ich daran denke, welche Possen mir der Pillo, der Bribon spielte; wie er mit meinem besten Glockenrock und meiner Eckhaube die Vogelscheuche an der Landstraße hinter dem Garten ausstaffierte, so könnte ich selbst den heutigen Tag darüber vergessen. Gestern hat er unsern armen Leutnant Lamma niedergehauen; o ich wollte nur, ich hätte ihn einmal wieder vor meinen zehn Fingernägeln!«

Camilla lächelte und schüttelte den Kopf.

»Es ist lange her, seit wir dort auf den grünen Wiesen gingen. Einen Schäferroman würde Señor Miguel Cervantes wohl nicht aus unsern Abenteuern machen können, vielleicht aber eine treffliche Wunderkomödie.«

»Jesus, wie könnet Ihr in solchen Stunden so scherzen und von der Poeten sündigen Torheiten reden. Horcht, horcht, sie zersprengen einem die Ohren mit ihrem Geschrei.«

»Arme Galatea, für deinen Hirtenstab und deine süßen Liebesklagen ist die Insel Sankt Thomas jetzt freilich kein Aufenthalt; die tapfere Ximena Gomes, das Weib des Campeadors, würde sich besser in die Zeit zu schicken wissen. Ich liebe die Schäferin und die Schalmei.«

»Und der Herr Oheim hat Euch doch fast mit Gewalt von der Mauer herabführen müssen?!«

»Er hätte mich dort lassen sollen. Dort lebte ich wie die andern und mit den andern; da floß das Blut in meinen Adern; da war Schmerz und Entsetzen; aber auch Hoffnung und Triumph. Dort war der Rausch der Lebendigkeit; hier aber – hier, hier ist nur die Sonne und der Traum. Es ist kein Schmerz, keine Marter mehr in dem Feuer, das vom Himmel niederströmt, aber –«

Sie brach ab und ließ die Hand auf die Schulter der alten treuen Pflegerin herabsinken.

»Herzenskind«, schluchzte die Señora, »du zerbrichst mir das Herz; du bist viel grausamer als der Feind draußen vor dem Tore. Aber wart nur, laß uns nur erst diese abscheulichen niederländischen Ketzer vom Halse und dieser glutroten Insel los sein, ich werde schon ein Wörtlein mit dem Herrn Oheim reden. Der Kapitän Giralto kann mit seiner Brigantine doch auch nicht aus der Welt verschwunden sein; wir packen den Herrn Oheim mit oder gegen seinen guten Willen darauf und schiffen uns mit Kisten und Kasten ein. Da mag hier Statthalter des Königs werden, wer will; aber das beste wär's, man ließe das schwarze Dämonenvolk für sich mit seinen Affen und Schlangen und Zuckerrohr und Elefantenzähnen. Wir segeln ab, und den Weg kennen wir; o Herzenskind, ich bin ja zu Alcala de Henares geboren und habe den Herrn Rodriguez Cervantes und seine Frau Leonor de Cortinas recht gut gekannt als ein junges Ding; die Doña Galatea, welche ihr Sohn, der Miguel, geschrieben hat, ist mir freilich nicht so viel wert als mein Rosenkranz und englischer Gruß; aber da sie dir gefällt, Liebchen, so wollen wir leben wie sie, an einem kühlen Wasser, in kühlen Hainen, und singen und lachen und glücklich sein.«

»Das war ein wilder Knabe dort in Holland«, sagte Camilla Drago. »Anfangs fürchtete ich mich ebenfalls vor ihm; aber wir vertrugen uns zuletzt doch recht gut. Georg van der Does – wer hätte gedacht, daß ich ihn je wiedersehen sollte? Er war recht lustig; er brachte mich immer gegen meinen Willen zum Lachen. O wir haben viel gelacht vor der Schlacht bei Turnhout, nicht wahr, Rosamund?«

»Es war recht angenehm«, sagte die Señora Bracamonte mit einem Seufzer und setzte im geheimen hinzu: »Das weiß der liebe Gott.«

»Er ist recht gewachsen; er ist ein Mann geworden. Nun liegt er mit seinen Landesgenossen vor der Stadt Pavaosa; er sollte mir Grüße bringen von der guten Mutter, von dem alten Hause, dem schattenvollen Garten, von den Leuten jenseits der Gasse, dem dicken Bäcker mit den vielen Kindern, wer weiß, wer weiß – statt dessen mußte er den armen Leutnant Lamma erschlagen; ach, es ist recht traurig, so jung zu sein wie wir und doch so vieles, so vieles erlebt zu haben.«

»Denkt nicht daran, denkt an die Heimat, und wie wir dort zufrieden und glücklich sein wollen, wenn diese ärgerlichen Tage hinter uns liegen«, rief die Señora. »Ihr träumet soviel, wie Ihr saget; nun, wer weiß, ob Ihr nicht demnächst am goldenen Tajo in dem Hüttchen Eurer Doña Galatea erwacht!«

»Es ist wahrlich nicht unmöglich«, murmelte Camilla; »wer weiß, ob ich nicht sogleich erwache, aber nicht am Tajo, sondern bei den Ursulinerinnen zu Lüttich; ich bin so gern bei den frommen Frauen – die Schwester Angelika erweckt mich immer mit einem Kuß – ich wollte, sie käme – ich wollte, ich säße schon aufrecht im Bettchen und hörte das Morgenlied der Vögel im Klostergarten und sähe das Weinlaub vor dem Fenster zittern.«

Der Lärm des Kampfes war allmählich schwächer geworden und zuletzt ganz verstummt. Die Angreifer mußten sich wieder einmal nach langer vergeblicher Arbeit zurückgezogen haben. Es näherten sich Schritte auf dem knirschenden Sande des Gartens; auch Don Franzisko Meneses kam von seinem bösen Tagewerk zurück.

Sehr wild sah der alte Kavalier aus; Gesicht und Hände waren vom Staube und Rauche geschwärzt, seine Ärmel an den Ellenbogen zerrissen, sein Brustharnisch war mit mancher Schramme bedeckt. Er trug den langen Degen in der Lederscheide unter dem Arme; er hatte die beiden Enden seines langen Schnurrbartes zwischen den Zähnen und zerkauete sie höchst grimmig; er stieß fast mit der Nase an die Bastseile der Hängematte seiner Nichte und endigte aufblickend mit einem tiefen Seufzer die lange Reihe seiner trüben Gedanken.

Als ein Mann von wenig Phantasie und noch weniger Worten sagte er sogleich, was er zu sagen hatte:

»Camilla, die Stadt ist nicht länger zu halten. Was wir tun konnten, ist geschehen; aber wir sind am Ende. Nun haben wir aber Nachricht bekommen vom Kapitän Giralto aus der Drei-Engel-Bai, dem hat ein Schnellsegler Botschaft gebracht von Sankt Jago am Kap Verde: die Armada von Coruña ist unterwegs, die geteilte niederländische Flotte anzugreifen. Sie ist bereits von Gomera südwärts gegangen, und es ist unsere Pflicht, den Feind bis zu ihrer Ankunft hier festzuhalten. Heute abend zünden wir die Stadt Pavaosa an und ziehen uns in das Schloß zurück; es ist ein böses Spiel; aber, Señora Bracamonte, wer nicht zu wählen hat, dem ist viel Kopfzerbrechen erspart, und das ist der Trost, den ich für Euch insbesondere mitgebracht habe.«

»Gott übe Barmherzigkeit an uns; Ihr seid sehr gütig, Herr Gobernador, und ich danke Euch herzlich«, sagte die Señora kläglich;

Camilla Drago aber ergriff die Hand ihres Oheims und drückte sie stumm an die Lippen. Der alte Krieger wandte sich schnell um und sprach im Innersten seiner Seele wie die Señora Bracamonte: »Gott übe Barmherzigkeit an uns!«

7.
Eine neue Rede des Herrn Heinrich Leflerus, Prädikanten von Ysselmünde

Mynheer van der Does, der Admiral der hochmögenden General-staaten, hatte einen schweren Schritt. Wo er den Fuß mit Nachdruck niedersetzte, da sah man lange den Abdruck; – eine tiefe Spur hinterließ er im Sande des Ufers von Sankt Thomas, als er aus der Schaluppe sprang. Es hatte sich seit dem Augenblicke die Umgebung der Stadt Pavaosa auf das schrecklichste verändert. Die Axt, der Spaten, das Feuer und das Geschütz hatten umgestürzt und aufgewühlt, versengt und zerschmettert; verkohlte Baumstümpfe und Balken, Aschenhaufen und frische oder vertrocknete Blutlachen bedeckten den Boden nach allen Richtungen, und je näher den Stadtmauern, desto ärger erschien die Verwüstung. Gezelt aller Art war außerhalb der Schußweite der spanischen Kanonen in einer ziemlich hastigen, liederlichen Art aufgeschlagen; allem, was von seiten der Belagerer ausgeführt war, sah man in unzweifelhaftester Weise den Grimm der Äquatorsonne an, unter deren Scheine die Arbeit geschah. Sämtliche eisernen und stählernen Schutzwaffen: Harnische, Helme, Sturmhauben, Eisenhandschuhe lagen in Haufen aufgetürmt vor den Zeltreihen oder hingen an den Pfosten und Bäumen: das niederländische Heer focht halbnackt, wie seine schwarzen Hülfsgenossen aus den Bergen, und so kam es auch heute aus den Gräben und von den Wällen von Pavaosa zurück.

Es kam zurück, wieder ohne das Banner Don Philipps III. mit sich zu tragen, es kam zurück in wild phantastischen, erschrecklichen Wogen, und Henricus Leflerus der Prädikant wandte sich entsetzt und schaudernd ob des Anblickes ab. Zwischen den Marschreihen der Niederländer tanzten und sprangen die Guineaneger, ihre wunderlichen Waffen schwingend oder sie mit ohrzerreißendem Geheul in die Luft schleudernd und wieder fangend; – taumelnd und keuchend, mit stieren, meinungslosen oder unheimlich fieberisch glänzenden Augen schleppten sich die Weißen vorwärts, und in jedem Augenblick stürzte einer aus ihren Reihen zu Boden, unfähig, den kurzen Weg zu den Zelten der glühenden Atmosphäre abzugewinnen. Sie hatten ihre Verwundeten und Toten zurückgelassen, wo sie gefallen waren, oder sie der Barmherzigkeit und Fürsorge der wilden Bundesgenossen anvertrauen müssen; sie hörten weder auf die Trompete noch das Befehlwort der Führer; und ohne den zwischen sie und die Stadt sich werfenden frischeren Rückhalt würde Don Franzisko Meneses kaum nötig gehabt haben, so sehr sich nach der Flotte von Coruña zu sehnen.

Auch die Befehlshaber hatten allen schwerem kriegerischen Schmuck von sich geworfen; sie trugen die Schärpen über der bloßen Brust; selbst die Wehrgehänge und die Degenscheiden hatten sie zurückgelassen, und jetzt stießen sie die nackten Schwerter in den Boden und hielten Kriegsrat im Schatten einer Tamarinde, auf einem Hügel, der zu diesen Beratungen ausgewählt worden war.

Auf die Schulter seines Neffen gestützt, stand der Admiral in der Mitte seiner Offiziere, leider ein ganz anderer Mann als bei seinem stolzen Auslaufen aus der Maas, ein ganz anderer Mann seit jenem ersten Eroberersprung auf den Strand von Sankt Thomas. Seine Riesengestalt war vielleicht am wenigsten geeignet, die tropische Sonne zu ertragen; er hatte viel Fleisch verloren, er schnappte nach Luft wie ein Schwertfisch auf der Düne nach Wasser, sein Blick war wie der seiner Krieger bald starr und wie schlaftrunken, bald übernatürlich aufgeregt und in die Irre schweifend. Jetzt sah er hinter sich, zurück nach der Stadt, und streckte die geballte Faust nach ihr aus.

»Zurück, zurück, zum siebentenmal zurück! Hölle und Teufel, hätte ich nicht selber die Peitsche gefühlt, ich würde es nicht glauben!« rief er. »Ihr Herren, ihr Herren, was ist das? sind wir behext? sind wir verzaubert? Welches alte Weib hat uns die Nestel geknüpft, daß wir uns so schmählich vergeblich die Köpfe an diesen Lehmwällen und Pfahlwerken zerstoßen? Siebenmal! siebenmal! Mynheer Storms van Wena, Ihr waret ja fast oben; was hat Euch so eilig wieder zu Boden gebracht?«

Mynheer Storms zuckte verdrossen die Achseln und sagte:

»Fragt einen andern darnach, Herr Admiral; übrigens glaube ich mit Euch, daß es uns angetan ist. Sie werden daheim ein schönes Lied auf uns machen, und sie haben das Recht dazu.«

»Wahr! wahr!« ging es, begleitet von einem dumpfen Geknurr, durch den Kreis tiefgekränkter Bullenbeißer, und sämtliche Hauptleute zu Land und zur See machten wie ihr Admiral eine Seitenbewegung, um einen bösen Blick auf die arme Stadt Pavaosa zu werfen.

»Ohne die Sonne hätten wir sie längst!« rief ein schwitzender Friese aus Hollum. »Gebt mir einen Amelandschen Dezembermorgen, und wir haben sie zum Mittagsbrod.«

»Ich danke Euch ganz gehorsamst für das Wort, Mynheer van Wendenkeerk«, sagte der Admiral mürrisch. »Vielleicht bemüht Ihr Euch aber wohl selber auf die Flotte, um bei Cornelius Lensen nachzufragen, ob er nicht zufälligerweise ein überzählig Schneegestöber im Raum verpackt habe. Wie viele Leute haben wir diesmal vor dem Nest gelassen?«

Jeder Führer überschlug seine Rotte, und man summierte.

»Das ist wieder eine schöne Rechnung!« seufzte Mynheer van der Does. »Nehmt das Fieber, den Palmwein und die vermaledeiten indianischen Weibsbilder dazu, und ihr werdet erfahren, daß in vierzehn Tagen das Faß ausgelaufen ist bis auf die Hefen. Die Herren im Haag und zu Amsterdam werden dem, welcher das Fazit heimbringt, ein sträfliches Gesicht schneiden.«

»Wahrlich, wahrlich«, mischte sich jetzt Heinrich Leflerus, der Prädikant von Ysselmünde, in den Rat. »Wahrlich, ihr Herren, gebt der Wahrheit die Ehre und bekennet und nehmet auf euch ein jeglicher sein Teil an der Schuld des Elends, auf daß der Herr seinen Zorn von euch wende. Wahrlich, der Herr hat euch Sieg und Ruhm und große Beute in die Hände gegeben auf den Kanarieninseln, aber der Übermut ist in euerer Brust aufgesprungen wie ein Geharnischter. ›Wer kann uns widerstehen?‹ habt ihr gejauchzet und seid von den Schiffen gestürzet wie zur Hochzeit. Nun sehet euch um, ob Christenmenschen und Kinder und Krieger des reinen Glaubens also vor dem Stuhl des Höchsten wandeln? Auf den Gräbern euerer Brüder und Landsleute tanzet ihr viehisch mit den schwarzen, üppigen Heidinnen, als ob keine niederländische Mutter euch gesäuget habe, kein fromm Eheweib, Jungfräulein oder Schwesterlein daheim in Tränen und Herzensbangen auf euch harre. Ich wandele durch die Gezelte, während ihr mit Speer und Bogen vor den Mauern Edom bedränget, und meine Seele erbebet in großem Grauen; denn es ist wie im Lager des Königs Sanherib von Assyrien, von dem geschrieben stehet: ›Und da sie sich des Morgens frühe aufmachten, siehe, da lag alles eitel tote Leichname!‹ – Ich wandele durch die Gezelte, und meine Gebeine erzittern – meine Brüder sterben, sie winden sich im Krampf und verscheiden mit Flüchen; sie haben Schaum vor dem Munde und sterben nach der Blasphemisten Art. Sehet um euch, sehet, welch ein Gewölk über euern Hütten! Der Engel, der über Sanherib blies, ist in dem Gewölk; ihr sehet ihn nicht, denn der Herr Gott hat euere Augen mit Blindheit geschlagen und euch in den Schwindel gestürzet; aber ich sehe ihn und ich rede zu euch: ihr habet den Boden, so ihr betretet, beflecket mit euerer Schande, euer Glück ist von euch gewichen, euere Paniere wenden sich rückwärts. Fallet nieder auf die Stirnen und streuet Asche auf die Häupter, tut Buße im Staube. Die Sonne Gottes hat euch verwirret; sehet, sie neiget sich wieder zum Untergange, in einem Stündlein wird es Nacht sein, der Herr will euern Sieg nicht; so gehet, gehet, gehet, windet auf die Anker und zerhauet die Seile, wendet euch, wendet euch vor dem Willen des Herrn, oder man wird sagen morgen in der Frühe: ›Siehe, alles eitel tote Leichname!‹«

Mit heftigem Geschrei unterbrachen die niederländischen Anführer und das Kriegsvolk, welches sich allmählich herzugedrängt hatte, den Unheilsprediger. Mit geballten Händen gingen der Admiral und Gerhard Storms auf ihn los; ein berauschter Matrose führte einen Stockschlag nach ihm. Hätten sich nicht Georg van der Does und der ehrliche Friese dazwischengeworfen, so würde höchstwahrscheinlich Herr Henricus nicht länger durch das Lager gewandelt sein.

»Stopft ihm den Mund« schrie man. »Die Insel aufgeben; Niemals! niemals! Werft den Unglücksvogel in eine Schaluppe und schickt ihn an Bord; sein Heulen und Krächzen und Psalmensingen hat uns schon zu lange das Lager verstört und den Spaß vertrieben.«

»Fort mit ihm«, rief der Admiral. »Wenn wir Viktoria schießen, mag er wieder hervorkriechen. Was meint ihr, ihr Herren, sollen wir es, grad jetzt dem Pfaffen zum Trotz, um Mitternacht noch einmal versuchen? sollen wir den Dons noch einmal das holländische Gebiß zeigen? Es ist ein alt Wort, daß man keinem Jäger beim Ausmarsch gut Glück wünschen soll, und ich vermein, Mynheer Leflerus hat das nicht getan, und wir könnten dessentwegen mit desto größerm Vertrauen die Fortuna versuchen. Wer geht um Mitternacht mit gen Pavaosa?«

Die Todkranken richteten sich ob des wahnwitzigen Geschreies, welches dieser Rede folgte, von ihrem Lager auf und dachten, die Stadt sei über, und riefen ihr Vivat mit schwacher Stimme mit. Wieder sank die Dunkelheit herab, und Georg van der Does brachte den gebeugten Prediger aus dem tobenden Heer in Sicherheit.

8.

Camilla Drago schlägt für den Schloßleutnant Pedro Tellez einen Antrag aus

Im friedlichsten Glanze leuchteten die südlichen Sterne auf den Schauplatz von so vielen entfesselten Leidenschaften, so viel Angst, Not, Schmerz und Zorn hernieder, aber der Prädikant und der junge Krieger sahen erst dann auf, als sie das Lager verlassen und die letzte Postenkette hinter sich hatten. Sie schritten Arm in Arm stillschweigend bergan, bis das wirre Getöse zu einem dumpfen Rauschen abgeklungen war, und dann standen sie still und wandten sich, und unter ihnen lag die belagerte hispanische Stadt, das lärmende niederländische Lager und das Meer mit der erleuchteten Flotte. Sie griffen beide nach der Stirn, der Greis wie der Jüngling, und suchten sich mühsam der Betäubung, welche sie gefangen hielt, zu entringen: dem jungen Krieger schlugen noch immer heftig alle Pulse von der fürchterlichen Anstrengung des letzten vergeblichen Sturmes, und der Prädikant hatte ebenfalls seinen Kampf gekämpft und ihn verloren.

Der Bewegteste aber war doch Georg van der Does. Von Rechts wegen hätte er mit am lautesten auf den geistlichen Herrn einschreien und einspringen müssen, denn sein junger, toller Sinn hätte am allerletzten von diesen widerspenstigen, trotzigen spanischen Mauern abgelassen, und nun stand er hier an der Seite des Alten und blickte mit ihm, qualvoll beschwerlich Atem schöpfend, auf das wilde Durcheinander von Finsternis und Feuerschein in der Tiefe hinab und wußte nicht, weshalb er mit dem Unglücksprediger und ernsten Warner gegangen war.

Wie die andern verspürte Georg die Wirkungen des unheilvollen fremden Klimas; auch ihm hatte das erbarmungslose Gestirn den Stempel aufgedrückt; auch er fühlte die Erschlaffung durch seine Adern und Knochen kriechen, und was fünfzig nordische Winter nicht bewirkt hätten, das hatten die letzten Wochen geschafft – sie hatten ihn müde gemacht. Jene Mattigkeit war auf ihn gefallen, die zugleich die höchste Unruhe ist, die auf keinem Lager und an keinem Orte stillhalten kann und verzehrend ist wie die tödlichste Krankheit.

»Da habt Ihr Euch eben in einen mächtigen Ameisenhaufen gesetzt, Ehrwürden!« sprach er zu seinem Begleiter. »Heisa, Ihr ginget los wie des Gianibelli Feuerschiff, aber Antwerpen habt Ihr darum doch nicht gerettet. Was fiel Euch auch ein? Mit den Zähnen würden wir uns lieber in den Erdboden verbeißen, ehe wir von diesem spanischen Steinhaufen abließen.«

»Mein Sohn, ich sehe es wohl ein, es war nicht klug, in jenen Augenblicken zu reden, wie ich tat. Ihr kamet im Ärger und Zorn heim zu Euern Zelten, und ich habe das Ärgernis vermehrt, aber - doch ist es, wie ich sprach. Ich weiß! ich weiß! es ist ein Schauder über mir und ein fremder Geist in mir - ich habe die Wahrheit geredet - der Herr will unsern Stolz demütigen, unsern Kamm erniedrigen; aber es ist wie immer: sie haben Augen zu sehen und sehen nicht, Ohren zu hören und hören nicht. Aus den Siegern und Triumphatoren sind Schwelger, Gotteslästerer und Teufelskinder geworden; ich aber wollte mein Leben hundertmal dafür geben, wenn ich sie in dieser Nacht noch zusammenkehren könnte mit dem Besen und sie auf die Schiffe treiben -«

»Da fanget Ihr von neuem an!« rief Georg. »Aber vielleicht habt Ihr bald genug für Euern Willen. Laßt uns Pavaosa haben, und Ihr werdet sehen, wie schnell wir diesem Backofen den Rücken wenden. Aber was meinet Ihr, wie sollt ich gehen können, ohne meiner Gespielin da drinnen die Tageszeit gewünscht zu haben? Das wäre recht! Ich habe neulich ihr weißes Gewand auf der Mauer gesehen, und es ist mir wie ein Schlag vor die Stirn gewesen. Euch mag wohl wenig daran liegen, Ehrwürden, ob wir Pavaosa nehmen oder nicht, ich aber muß hinein über Graben und Wall, durch die Bresche oder durchs Tor, und so wird's geschehen, glaubet es nur!«

Herr Heinrich Leflerus hob entsetzt und erschüttert die Hände zum Himmel empor.

»O grundgütiger Gott«, rief er; »was hat dieser Krieg aus deiner Welt gemacht? Welch einen Schrecken redest du aus dem Munde der Kinder, und sie wissen es nicht! Das lebendige Herz ist Stein geworden; die mit Blumen in den Händen einander nahen sollten, bieten sich mit lachendem Munde das schwerste Herzeleid, ja den Tod -«

»Ich will der Jungfrau Camilla kein Leid antun«, sagte Georg störrisch. Doch der Prädikant rief:

»Und sie hat mit ihm jahrelang zu den Füßen seiner Mutter gesessen; sie hat in seines Vaters Hause gewohnt, und in seiner Brust ist kein Fünklein von Barmherzigkeit für sie – kein Mitleid mit ihrer Not. Er hat es mit seinen eigenen Augen gesehen, wie die Körper der Frauen und Kinder in den Gassen von Palma lagen und wie das brennende Gebälk auf sie herabstürzte; er weiß, daß er denselben Anblick in dieser Nacht, morgen, übermorgen dort unten in Pavaosa haben kann; aber es ist ihm nichts; er denkt, er fühlt nichts; er weiß nichts weiter als sein wildes Geschrei: Vorwärts! vorwärts! greif an! greif an! Wo er der Welt nicht mit dem Schwert und der Pistole zu Leibe gehen kann, da hat sie keinen Sinn für ihn!«

Mit geballten Fäusten stand Georg van der Does da; jetzt rief er:

»Was wisset Ihr davon? Ich habe wohl an sie gedacht; ich habe mich gefreut, sie wiederzusehen, aber auf der See hat man uns niederländische Jungen nicht gelehrt, viele Worte zu machen. Ich habe freilich auch nicht Zeit gehabt, immer an sie zu denken; aber ich habe ihr stets das Beste und alle Freude gewünscht. Was kann ich für den Krieg? Fragt ihre Landsleute darnach, die wissen mehr davon zu sagen. Wie kann ihr Übeles begegnen, wenn ich im rechten Augenblick an ihrer Seite bin? Ich werde sie finden in allem Gewühl, und niemand soll sie berühren oder ihr nur ein böses Wort sagen. Es wäre nur schlimm gewesen, wenn mich der Oheim mit Herrn Jan Gerbrants von Gomera aus nach Hause geschickt hätte.«

»Es nützt nichts, auf dieses Geschlecht einzureden«, murmelte der Prädikant. »Der Herr hat sie aus Eisen gewollt, er hat sie mit ihrem Land zwischen Amboß und Hammer gelegt. Der Herr allein kann ihnen den Panzer abtun.«

Er wendete sich ab von der Stadt und dem Lager und blickte seufzend nach dem dunkeln Gebirge und empor zu den Gestirnen; dagegen schien nun aber des Jünglings Aufmerksamkeit plötzlich ganz und gar von der Stadt und dem Schlosse Pavaosa gefesselt zu sein; er hatte sich mit einer wilden Gebärde in das versengte Gras niedergeworfen, er lag bewegungslos und starrte über den schroffen Abhang nach den spanischen Lichtern im Tale. So verharrten beide Männer eine geraume Weile, bis ein verwunderungsvoller

Ausruf Georgs auch die Augen des Prädikanten wieder herab- und zurückzog.

Georg van der Does war aufgesprungen:

»Was ist das? Dort! dort! Mynheer Leflerus, sehet, sehet!«

Ein rotes Leuchten ging von der Stadt Pavaosa aus; Don Franzisko Meneses hatte seinen Vorsatz ausgeführt, und die leichten Hütten und Häuser der Kolonie standen in Flammen. Mit unbeschreiblicher Schnelle flog der Schein über den Strand und das Lager, über das Meer und die Flotte der Niederländer, und Lager und Flotte beantworteten die spanische Verzweiflungstat mit einem Wutgeschrei, welches nicht zu Ende kommen wollte, denn sie sahen den größesten und besten Teil der gehofften Reichtümer vor ihren Augen untergehen.

»Holla, das ist ein falsches Spiel!« rief Georg van der Does, und ohne sich nach seinem Gefährten umzusehen, sprang er in weiten Sätzen über Felsentrümmer und Gebüsch den Berg hinunter dem Lager zu. Langsamer, doch auch so schnell ihn seine Füße tragen wollten, folgte ihm der Prädikant von Ysselmünde, und bald waren beide wieder in das zornige Gewoge des Belagerungsheeres hineingerissen.

Während aber die Niederländer noch verwirrt durcheinanderliefen oder starr und mit offenen Mäulern dastanden, tanzten bereits die schwarzen Bundesgenossen auf den Wällen der Stadt Pavaosa vor dem feuerigen Schein, der von ihr aufging, ihren phantastischen Schattentanz. Mit Triumphgeheul hatten sie sich auf die Leitern geworfen, wie Tigerkatzen waren sie über Pfahlwerk und Gemäuer geklettert, sie waren die Herren von jedem Platz, den die Flamme verschonte; ihre Geschosse umschwirrten das ins Schloß sich zurückziehende Volk, und ein Pfeil aus einem ihrer Köcher traf den Gouverneur, Don Franzisko Meneses, auf der Zugbrücke unter dem Turme Del Oriente in die Seite. Der Gouverneur griff nach dem buntgefiederten Rohr, es zerbrach in seiner zuckenden Hand und ließ den Widerhaken in der Hüfte zurück. Noch stürzte ein Weib, einen heulenden Buben von acht Jahren hinter sich herschleppend, über die Brücke; dann kreischten und knarrten die Ketten und Rollen, die schweren Bohlen erhoben sich, und die indianischen Pfeile, die noch immer den weichenden Unterdrücker suchten, fuhren in das Holz oder sprangen von Eisen und Stein zurück.

Auf dem Rand des Grabens, welcher die flammende Stadt von dem Schlosse trennte, erschienen in dem Gewühl der Negerkrieger die ersten Weißen. Georg van der Does schwang sich auf einen Steinhaufen und rief:

»Mynheer van Meneses, gebt her das Kastell! Ihr haltet es nicht länger! Der Admiral bietet Euch das Leben und die Freiheit mit allen Kriegesehren; Herr Gouverneur, um Euer und Eueres Volkes willen gebet das Kastell!«

Auf den Mauern des Schlosses unter den spanischen Schwertern, Hellebarden und Musketen erhob sich die Gestalt eines Weibes:

»Don Franzisko Meneses ist bei Gott! – Kommandant ist Pedro Tellez! Denkt an Palma und Gomera; wir geben Euch Pavaosa nicht!«

»Camilla! Camilla Drago!« rief Georg van der Does; doch von jenseits des Grabens antwortete ihm nur das Feuergewehr.

9.
Spanien, schließ dich!

Sie hatten in dem Schlosse Pavaosa keine Zeit mehr, die Leichen nach christlichem Gebrauche in die Erde zu bestatten, und wenn auch die Zeit sich gefunden hätte, so war kein Raum vorhanden: sie besprengten ihre Toten mit Weihwasser, sprachen ein kurzes Gebet über sie und stürzten sie von der Mauer in das Meer, das eine Weile mit ihnen spielte und sie dann an den Strand, den Niederländern zuwarf. Der einzige, welcher im Hofe des Kastells mit aller kriegerischen Feierlichkeit beerdigt wurde, war der alte tapfere Statthalter, Don Franzisko Meneses; – Mynheer van der Does hatte sein Hauptquartier in einem noch unversehrten Hause am äußersten Ende der Ruinen der verbrannten Stadt aufgeschlagen.

Von allen noch das Schloß Pavaosa haltenden Untertanen und Untertaninnen des Königs Philipp III. war die Señora Rosamunda Bracamonte die einzige, welche sich in jeder Beziehung den Umständen gewachsen zeigte. Sie schritt nicht wie eine Verzückte, gleich Doña Camilla Drago, durch den heroischen Jammer; sie ließ sich nicht wie Señor Pedro Tellez maschinenhaft vorschieben, um dann mit Desperation dreinzuschlagen: sie hatte das Reden nicht verlernt und sagte der bösen Welt ihre Meinung, wie sie dieselbe einst dem Oberst Heraugière gesagt hatte. Sie trug ihre Röcke aufgeschürzt, die Ärmel zurückgeschlagen und die Nase sehr hoch – so erwartete sie die Flotte von Coruña, hielt Ordnung unter den Weibern und Kindern der Kolonisten und folgte ihrer Herrin, wohin diese sie führte: auf den Wall dem stürmenden Feind entgegen, zu den Lagerstätten der Verwundeten und Fieberkranken, auf die Mauern am Meer zu den schrecklichen Leichenbegängnissen. –

Don Franzisko Meneses hatte in seinen letzten Augenblicken die Hand seiner Nichte mit eisernem Griff festgehalten:

»Mein armes Kind, mein armes Mädchen!... Ruft Pedro Tellez... er mag das Banner herabziehen... es ist aus mit unserer Herrschaft auf Sankt Thomas!« hatte er gestöhnt, und Doña Camilla Drago hatte, ohne ihre Hand aus dem schmerzhaften Druck der erstarrenden Finger zu befreien, sich zu den Umstehenden gewendet:

»Señores, Señores, o sagt es ihm, daß Pavaosa noch nicht verloren ist, daß Spaniens Wappen noch nicht unter die Füße der Niederländer geworfen wird, daß wir kein ander Geschick haben wollen als Gratiosa und Palma!«

»Es lebe der König!« rief der dichtgedrängte Kreis, aber ein alter Kriegsmann, genannt Juan Lodoiro, beugte sich zu dem Sterbenden herab und sprach:

»Señor Gobernador, wenn's nicht anders sein kann, so steiget ruhig hinunter; kommt die Flotte früh genug, so wird sie uns auf unserm Posten finden, wenn nicht, nun so nehmt's als einen Trost zum Valet, daß sie da draußen die Madorka im Lager haben und daß wir sie, wenn wir Euch nachfolgen müssen, an einer bösen Kette nachschleifen werden. Erinnert Euch, Euer Gnaden, welch ein stattliches Geleit wir Anno achtundsiebenzig dem Prinzen Don Juan d'Austria zu Namur gaben; laßt's Euch einen Trost sein, daß wir in einem noch viel mächtigeren Gedränge treppab marschieren werden.«

Don Franzisko erinnerte sich nicht. Er zog keinen Trost mehr aus den Vorgängen des Jahres achtundsiebenzig. Er starb, und Camilla Drago stürzte von seiner Leiche fort und auf die Mauer des Schlosses:

»Spanien! Spanien! Spanien für immer!«

Das war nicht mehr die Camilla, welche sich in der Hängematte schaukelte, auch nicht die, welche vom Turm Abreojos das niederländische Geschwader auf der Meereshöhe erscheinen sah. Wie der schöne, aber tödliche Genius dieser glühenden Insel erschien sie nun; es war, als habe die verderbliche Macht der tropischen Sonne in ihr einen Körper gefunden; nicht Pedro Tellez, sondern Camilla Drago im Bündnis mit dem Feuer vom Himmel verteidigte das Kastell Pavaosa!

»Jetzt wacht Ihr freilich wieder, Liebchen«, sprach die Señora Bracamonte. »O Jesus Christus, allmählich wird's einem jeden einerlei, was aus einem wird. Die Bösewichte! die Bösewichte! ich bin ein altes Weib und habe ein gutes Herz, aber zuletzt gibt es doch kein größeres Vergnügen, als ihnen einen Topf voll siedenden Wassers auf die Köpfe zu gießen. Es ist ein Wunder, was der Mensch alles vergessen und was er alles ertragen kann, wenn er seine gehörige

Beschäftigung hat. Und die Madorka haben sie gottlob auch auf dem Halse, die Ketzer und Rebellen; – ich bin gewiß von sanftem und verträglichem Gemüte, aber ich gönne ihnen das Unheil, und dem feisten Schlingel, dem Herrn Almirante van der Does, gönne ich es vor allen andern; er hat's um uns und unsern Herrn Oheim tausendfach verdient!«

10.
Die Madorka

Wieder hinüber zu den Niederländern! Sie hatten Pavaosa, die Stadt, und die Madorka hatte sie. Das Wort des Predigers war zu einer Wahrheit geworden, der Engel des Todes hatte über Assur geblasen, und wenn das Fieber sie mit Ruten schlug, so peitschte die Madorka sie nunmehr mit Skorpionen: die Madorka aber war die eigentliche Seuche des Landes, vor welcher selbst die Eingeborenen zurückschauderten, als sie unter dem fremden, blondhaarigen Kriegsvolk erschien. Sie zerschmolz die Muskeln und das Fett des Körpers, sie kannte keine Gnade, und nur die Flucht aus den senkrechten Strahlen der Sonne konnte das Heer wenigstens in seinen Trümmern retten. Noch aber hielt der Rausch an, noch hatten sie Pavaosa, das Schloß, nicht; siebenzig schwere Geschütze hatten sie auf den Wällen der verbrannten Stadt gefunden und sie mit den eigenen Kanonen gegen das Kastell gerichtet; sie wußten, daß unendliche Reichtümer, die jahrelange Ausbeute der Gold- und Elefantenküste, hinter diesen trotzigen Mauern aufgehäuft lagen: es war außer dem Prädikanten von Ysselmünde niemand, der das Wort »Rückwärts, Niederland!« aussprechen konnte.

»Greif an! Niederland, greif an!« scholl es fort und fort um die spanische Burg.

Und die Madorka griff nach den Stärksten, den Gewaltigsten zuerst; unter den Friesen brach sie aus, und am dritten Tage nach der Verbrennung der Stadt faßte sie den Admiral van der Does, der das gesamte Heer um eine Haupteslänge überragte, am Schopfe und zerbrach ihm den Schwertarm. Mit beiden Armen aber mußte der Tod den Riesen umschlingen und ihm beide Kniee auf die Brust setzen, ehe Mynheer sich gab. Er wehrte sich verzweifelt, und wie sein Kriegsvolk um das Schloß Pavaosa, so schlug er sich um sein Leben. Aber die Madorka richtete ihren Willen doch schneller ins Werk als die niederländische Macht auf Sankt Thomas den ihrigen; schon am zweiten Tage nach dem Anfange der Krankheit wurde der Admiral stiller, und mit der Madorka hatte Herr Henricus Leflerus leichteres Spiel, als er am Abend mit der Bibel sich neben dem Kopfkissen des Admirals niedersetzte.

Um das Haus, das Hauptquartier, drängten sich die Befehlshaber aller Grade ab und zu; Cornelius Lensen kam von der Flotte zu Land, um die letzte Willensmeinung des Sterbenden zu vernehmen; Gerhard Storms van Wena meldete, daß das Kastell sich höchstens bis zur nächsten Nacht halten werde.

Georg van der Does saß zu Füßen des Lagers seines Oheims, und wenn der Blick des Prädikanten von der Bibel zu dem jungen Manne hinüberglitt, so haftete er mit tiefer Bekümmernis auf dem matten Gesicht und der zusammengesunkenen Gestalt. Jede Stunde zählte wie ein Jahr in diesem unglückseligen nordischen Heer auf der schrecklichen Insel Sankt Thomas; dieselbe ruhelose Erschlaffung, dieselbe fieberische Müdigkeit zeigte sich in allen Gesichtern, welche sich vor den Fenstern der Hütte oder in der Türe drängten.

»So nehmt das Nest und kümmert euch nicht um mich!« rief der Admiral. »Geht an euere Geschäfte, ihr Herren, und verschwendet keine unnützen Höflichkeiten an einen verlorenen Mann. Schlaget zu und stürzet um; – zu Schiff mit euch so schnell als möglich, und sprecht ein gutes Wort für mich daheim. Nehmt das Ding so lustig, wie ihr könnt, ich hab's auch getan; – das Schicksal hat uns einmal in den Glutofen geschoben, greift zu und nehmt, was ihr kriegen könnt, und fort mich euch, ehe die Klappe ganz verschlossen wird. Geht, gute Herren und tapfere Kameraden, noch einmal drauf mit allen Breitseiten, Cornelius! noch einmal dran mit Schwert und Messer, Herr Storms! Fort mit dir, Georg, mein Engelchen; die Bestie in meinem Hirn und Eingeweide hat böse Fangarme; Herr Heinrich Leflerus wird mich abwarten wie eine Kinderfrau; er hat's ja den Herren Generalstaaten versprochen. Vorwärts zu Land und Wasser für Alt-Niederland!«

»Wir nehmen das Ding und bauen es Euch über Euerm Leibe zu einem stolzen Denkmal auf, verlasset Euch drauf«, sprach Cornelius Lensen.

»Knochen und Gestein durcheinand!« rief Mynheer van Wena. »Haltet Euch fest am Bettpfosten bis Mitternacht; sie haben da drinnen trotz ihrer Sonne das Spiel verloren. Haltet gut bis Mitternacht, und noch einmal wenigstens sollt Ihr die Staaten Viktoria rufen hören, und wann Ihr dann nicht länger bleiben wollt, so könnt Ihr uns andern doch mit Lachen Quartier bestellen.«

»So soll es sein!« sprach der Admiral, und sämtliche Hauptleute drückten ihm die Hand und traten hervor aus der Hütte. Es blieben bei dem Sterbenden nur der Neffe und der alte Prediger zurück.

»Da gehen sie hin in Erz und Stahl«, sprach der Prädikant von Ysselmünde. »Kein irdischer Hauch kann ihrer Seelen Härtigkeit schmelzen. Siehe, du Held, du eiserner Kriegsmann, du gewaltiger Hauptmann über hundert Segel, siehe, Mynheer van der Does, die Dämmerung fällt hernieder, noch ein Stündlein, und es wird finstere Nacht sein; du wirst das Licht des Tages, dem du geflucht hast, nicht wieder erblicken. Du bist mit Hunderten und Tausenden umgürtet gewesen, aber horch, ihr Geschrei und Schwertgeklirr verhallt, es wird still in deinem Lager. Sie haben dir tönend, mit Drommetenklang, ins Ohr gesprochen: harre nur bis Mitternacht, und deine Seele wird mit Jubel und Triumph von hinnen scheiden. Ich aber, ein Diener des Herrn, sage dir, du bist mit Tausenden dahergeschritten über die Wogen und das Land, du wirst um Mitternacht allein – allein gehen, und wenn sie mit dem Donner des Himmels Sieg riefen von dem Wall des Feindes und wenn sie deinen Namen mit ihren Stimmen aufwärts trügen bis zu dem Wunder Gottes, dem flammenden Kreuz, das allhier die Nacht durchleuchtet: es würde dir sein wie das Rieseln der letzten Welle, so auf dem Sande von Nordholland verläuft und von niemand gehört wird. Admiral, es wird mit dem Siegesruf ein ander Geschrei gen Himmel steigen und nicht verhallen in deinem Ohr. Sie schlagen mit den Starken die Schwachen, mit den Männern die Weiber und die Kinder, und du hast kein Wörtlein der Gnade für sie gehabt. ›Schlage zu, stürze um, wirf nieder!‹ ist dein Wort gewesen dein ganzes Leben durch; o großer Admiral, auf allen Meeren hast du es dem Gegner ins Gesicht geschrieen, willst du es auch wie einen Enterhaken an Bord des Himmels werfen? Mynheer van der Does, auf allen Meeren hat dir der Gegenruf des schlachtgerüsteten Feindes geantwortet; nun aber siehe, es ist Finsternis worden; niemand antwortet dir jetzt, deine Stimme verhallt in der Öde: so falte deine Hände zum Gebet und sprich: Barmherzigkeit, Herr, laß deine Gnade walten über mir und dem armen Schloß Pavaosa; – erbarme dich *aller* Sterbenden, Herr, rette die Unschuldigen aus den Händen, die losgebunden sind über sie, und –«

Georg van der Does erfaßte die Hand des Greises:

»Er höret Euch nicht, ehrwürdiger Herr. Sehet ihm ins Gesicht.«

»So höre du mich, Knabe!« rief der Prädikant, von seinem Sitze aufstehend. »Gehe hinaus für ihn und sprich: die Leben, welche ich rette in dieser Nacht, sollen in seine Schale fallen vor dem Stuhle des Höchsten; die Jungfrau, welche ich den Händen der wilden Neger entreiße, das arme Kindlein, welches ich aus den Flammen trage, sollen ihm geeignet sein; und wenn um Mitternacht seine Kriegsobersten nach ihrem Wort mit seinem Namen die niederländische Viktoria ausrufen, dann soll dein Schweigen ihm mehr gelten, als aller Kanonendonner und alles Triumphgeschrei der Welt ihm wert sein würden.«

Georg van der Does zog stillschweigend die Pistolen aus seinem Gürtel, er löste das Schwertgehänge ab und legte die Waffen zu den Füßen des Bettes seines Oheims nieder. Herr Heinrich Leflerus legte ihm die Hand auf das junge Haupt:

»Gehe hin und rette; – es ist die schönste Nacht deines Lebens.«

11.
Das letzte Sandkorn

Zum letzten Male stieg Camilla Drago vom Turme Abreojos herab, als die Dunkelheit wieder das Meer ihren Augen entzog. Der Turm war dem Einsturz nahe; zertrümmert war jede Mauer des Kastells, landwärts wie seewärts; von Schutt und Mauerwerk war der tiefe Graben, welcher das Schloß von der Brandstätte der Stadt trennte, halb ausgefüllt, und Mynheer van Wena hatte bitter recht mit seiner Behauptung, daß die letzte Stunde der Burg von Pavaosa geschlagen habe. Die Flotte von Coruña war auch heute nicht gekommen; keine Botschaft vom Kapitän Giralto war mehr zu den Belagerten gelangt.

»Wir sind verloren!« sagte Camilla, als sie die halb verschüttete Treppe des Turmes hinabstieg. »Es ist keine Rettung mehr.«

In dem Schloßhofe brannte ein großes Feuer und warf seinen flackernden Schein auf die Wände, die Wölbungen und Bogengänge, auf die Gestalten und Gesichter des zusammengedrängten Volkes. Ein schwüler Pestduft fand keinen Ausweg aus dem umschlossenen Raume; Wolken giftiger Mücken hingen um die Flammen, und soviel ihrer im Feuer vergingen, so viele quollen von neuem aus der Nacht hervor. Die spanischen und portugiesischen Kriegsleute und Kolonisten, soviel ihrer und ihrer Frauen und Kinder noch übrig waren, saßen und standen, kauerten und lagen in einem Kreise, und auch sie bis auf die Unmündigen und Säuglinge wußten alle, daß die Flotte von Coruña nicht mehr zur rechten Zeit kommen könne, daß es keine Hülfe mehr für sie auf Erden gebe. Das Mark in ihren Gebeinen war verzehrt, ihr Schießpulver zu Ende, der Brunnen dem Versiegen nahe. Die einen beteten, die andern rangen in stummer Verzweiflung die Hände, die Tapfersten und Stärksten knirschten mit den Zähnen; sie waren alle in diesen Ring des Jammers hinabgestiegen von den Mauern, und nur die Señora Rosamunda Bracamonte neben dem Señor Pedro Tellez und die übrigen Befehlshaber, vereinzelt hie und da, lehnten an den zerschmetterten Brüstungen – die letzten Wächter von Pavaosa.

Langsam schritt Doña Camilla Drago in den Lichtschein des Feuers, und die bärtigen Männer, die angstgeschlagenen Weiber, die armen Kinder sahen auf sie, als erwarteten sie ein Wunder von ihr, ein Wort, ein Lächeln, welches gleich dem Nicken eines wundertätigen Heiligenbildes das Entsetzen in den Jubel der Erlösung und Errettung verwandeln werde.

Aber Camilla schlug den Blick nieder und sprach:

»Wir müssen sterben, der König kann uns nicht helfen; es ist nichts um uns als das öde Meer, die Nacht und der Feind; – über uns ist Gott; lasset uns sterben als katholische Christen! Es ist der Wille Gottes, der uns auf die Insel geführt und diese Stunde über uns verhängt hat.«

Sie schrieen nicht laut auf, sie zerrauften nicht die Haare und zerschlugen nicht die Brust; sie senkten nur die Köpfe tiefer, die Kranken zogen ihre Decken mehr über sich, und die Mütter drückten ihre Kinder fester an sich.

»Wo ist die Señora Bracamonte, Señor Lodoiro?« fragte Camilla.

»Sie hält mit dem Kommandanten auf der Bastion des Mohren Wacht«, war die Antwort, und das Fräulein suchte die alte Wärterin und Freundin an dem angegebenen Orte. Sie fand sie allein; Pedro Tellez hatte sich eine andere einsame Stelle gesucht, um seine Rechnung abzuschließen, ehe ihm der niederländische Sturm die Zahlen durcheinanderwerfen würde.

Camilla küßte die treue, tapfere Greisin.

»Bald werden wir zum erstenmal eine rechte Heimat haben, aus der uns keiner mehr wird vertreiben können«, sagte sie, und die Señora drückte ihr die Hand auf den Mund:

»Sei still! schweige still!«

»Es ist nichts mehr zu sagen«, sprach Doña Camilla Drago. »Wir haben Zeit genug gehabt, uns zu rüsten, – wir können still sein.«

Sie standen auf der Mauer von neun bis elf Uhr; dann setzten sie sich auf einen Steinhaufen, und Camilla legte den Kopf in den Schoß der Señora. Auch die Nacht war ganz still; das Lager des Feindes schwieg; nur allerlei Leben der Tiere regte sich. Große leuchtende Käfer und Schmetterlinge schwirrten umher, und die

Stimme des Atlantischen Ozeans war lauter in der Nacht als am
Tage.

Auch in dem Schloß Pavaosa war alles ruhig; als aber die Mitternacht nicht mehr ferne war, erwachte ein Säugling an der Brust
seiner Mutter und fing an zu weinen, und die Mutter sang ihm ein
Schlummerlied, als ob das noch nötig sei.

Um ein Uhr war alles vorüber. Zum letztenmal vernahm der
Admiral van der Does den Donner der Schlacht; er richtete sich
empor und horchte und sank zurück und richtete sich nicht wieder
auf. In der Tür des Hauses stand der Prädikant Heinrich Leflerus
und hielt sich an dem Pfosten. Er sah den Wall des Kastells wiederum vom roten Feuerschein umspielt und das Gewühl der Kämp-
fenden auf der Mauer. Das schrille Kriegsgeschrei der Neger über-
tönte weitaus den Schlachtruf seiner Landesgenossen und den To-
desschrei der Spanier, und der Prädikant von Ysselmünde kniete
auf der Schwelle nieder und versuchte es, zu beten; er konnte aber
nur die Hände ringen.

Waffenlos hatte sich der Jüngling, dessen Seele er gewonnen hatte, als der erste, vorderste des Sturmhaufens gegen die Bresche des
verlorenen Schlosses Pavaosa gestürzt.

»Wir kamen, Wasser zu schöpfen, und Blut ward uns zum Trun-
ke gegeben!« stöhnte der Prediger, und seine Stirn berührte fast den
Erdboden.

Um ein Uhr war alles vorüber, aber Heinrich Leflerus wartete
vergeblich neben der Leiche des Admirals auf einen Boten von den
Siegern. Es kam niemand; die Seele Mynheers van der Does war
hinübergegangen in das große Geheimnis, und keiner gedachte
ihrer. Der Prediger erhob sich und schritt auf unsichern Füßen
durch und über die Trümmer der Stadt bis zu dem jetzt geöffneten
Tore des Schlosses. Er kam in das Gedränge auf der herabgeworfe-
nen Zugbrücke; kaum entging er der Gefahr, in den Graben hinab-
gestürzt oder von den tollen Haufen zertreten zu werden. In der
Wölbung des Tores traf er auf Mynheer Gerhard Storms, der ihm
auf die Schulter schlug und rief:

»Da seid Ihr ja auch, Ehrwürden. Nun, wir haben eine gute Arbeit
gemacht, und ich verhoffe, daß Ihr uns morgen in Euerer Oration

loben werdet. Holla, ihr da, Mohren, Friesen und Holländer, Raum
für den Herrn Prädikanten! Jaja, Mynheer Leflerus, es ist bös zuge-
gangen; das Volk hat eben zu lange vor der Türe warten müssen
und ist ungeduldig geworden.«

Der Greis stand in dem Hofe des Schlosses Pavaosa, er hob die
Arme gen Himmel und rief nur: »Herr! O Herr, Herr!«

12.
Die Stimmen des Sieges

Sie schleppten an Bord ihrer Orlogsschiffe mehr als hundert brauchbare Kanonen, Elefantenzähne, Baumwolle, Zucker in Menge, Goldstaub und gemünztes Gold, Beute aus den Gemächern der Frauen, kostbare Harnische und Waffen der Männer, Tiger- und Löwenfelle und zuletzt – die Madorka. Wie auf der Flucht verließ die niederländische Macht die Trümmer der Stadt und des Kastelles Pavaosa, die Insel Sankt Thomas, und eintausendundzweihundert Leichname wurden noch während der ersten vierzehn Tage der Fahrt vom Bord ins Meer gestürzt. Man hatte zum zweiten Male die Flotte geteilt. Mit sieben Schiffen sollte Mynheer Gerhard Storms nach Brasilien gehen und den Rest mit der Beute der Schout by Nacht Cornelius Lensen nach der Heimat führen. Aber auch Mynheer van Wena starb an der Seuche, und es war niemand, der seine Stelle einnehmen konnte; seine Schiffe kehrten zu dem Schout by Nacht zurück, und nach einer traurigen, stürmischen Fahrt langte die Flotte im Anfange des Jahres 1600 wieder vor der Mündung der Maas an. »Da wurden auf manchem Orlog nicht sechs gesunde Leute gefunden, und sind nur zween Hauptleute und Mynheer Henricus Leflerus, der Prädikant, bei Kräften heimgekehrt«, klagen die Berichte aus dem Haag und aus Amsterdam.

Der Flotte von Coruña begegneten die Niederländer zum beiderseitigen Besten nicht. Sie war bis Gomera gekommen und war zum Schutz der westindischen Inseln wieder in See gegangen, als auch sie vom Sturme zerstreut wurde und übel zugerichtet von neuem den Schutz der spanischen Häfen suchen mußte.

Drei Tage nach dem Abzuge des Feindes von Sankt Thomas legte der Kapitän José Giralto mit der Corona de Aragon wieder unter den zertrümmerten Mauern von Pavaosa an, aber vom Turm Abreojos donnerte kein Salutschuß, und niemand kam, ihn zu begrüßen, als er wieder über die Planke an das Land schritt. Er war kein weicher Mann, dieser Kapitän Giralto, und er hatte in seinem Leben viel Schlimmes und Schreckliches gesehen, ohndaß ihm das Auge feucht wurde; – als er jetzt auf dieser blutbespritzten Ruine stand, weinte er.

Er und seine Leute versuchten es, die Körper ihrer Landsleute mit Erde zu bedecken; aber sie begruben nur einige Kinderleichname und ließen ab, denn noch immer strahlte die Sonne des Äquators auf Pavaosa hernieder, und der kürzeste Aufenthalt war sicherer Tod. So zog der Kapitän Giralto denn nur das Banner von Spanien von neuem auf der Trümmerstätte empor und hing, um sein Gemüt wenigstens etwas zu erleichtern und »zu Ehren und zum Gedächtnis der Señora Bracamonte y Mugadas Criades«, sieben Neger, welche er in den Gassen der verbrannten Stadt gefangen hatte, daneben auf. Dann lichtete er wieder den Anker und steuerte nach Sankt Jago am Cap Verde, um daselbst Nachricht zu geben, wie er Pavaosa gefunden und es verlassen habe, und so mochte denn vielleicht seinerzeit, wenn die Umstände günstig waren, ein dumpfes Gerücht davon gen Madrid oder zum Eskorial gelangen und dem Herrn Don Philipp III. das Achselzucken der Könige entlocken. –

Wie blaß, wie gleichgültig, wie nichtssagend das alles im Laufe der Jahrhunderte geworden ist! Zwei oder drei Zeilen in einer spanischen oder holländischen Chronik, eine Seite oder eine halbe in einer deutschen Geschichte der Vereinigten Niederlande für den Forscher, zwei Stimmen für den Dichter!

Es saß ein Negermädchen auf einem Felsvorsprung unter den Palmen von Sankt Thomas. Sie trug eine Federkrone, aber dazu das zerrissene, befleckte, versengte Kleid einer spanischen Dame und um das Handgelenk einen goldenen Reif, das Meisterstück eines cordovanischen Goldschmieds. Mit wildem, lachendem Blick sah sie über das Meer und sang:

»Es steigt ein Rauch auf vom Ufer, und mein Auge sieht die großen Schiffe nicht mehr, sie sind klein geworden in der Ferne, das Wasser hat sie verschlungen. Die Ketten sind abgefallen von dem Nacken meines Volkes, die Hände der Krieger sind rot und die Herzen der Jungfrauen fröhlich. Mein Volk sah die großen Schiffe kommen über das Meer, es stand auf den Bergen in großer Angst, aber seine Angst ward Jauchzen; das Volk des Meeres reichte seine Hand meinem Vater und meinen Brüdern, und die Hände der Krieger in den Bergen sind rot und mit Reichtümern gefüllt. Ich höre die Donner der weißen Zauberer nicht mehr; der Geier fliegt über dem

Ort ihrer Gezelte, und des Geiers Weib fliegt über der Stadt des Drängers; – meine Brüder haben die Fackel in die Burg des Herrn geworfen; mit meinen Schwestern habe ich getanzt um die Erschlagenen, und den goldenen Reif hat mir die schöne weiße Herrin lassen müssen von dem kalten, starren Arm. Das schwarze Volk des Gebirges hat getanzt um das flammende Grab des Fürsten der Meeresleute. Sie haben das Haus über seinem toten Leibe angezündet, daß niemand Spott treibe mit seinen Gebeinen. Die große Schlacht ist zu Ende; – stille – stille – stille; die schwarzen Schiffe haben die Flügel ausgespannt; ich sehe sie nicht mehr. Mein Vater geht mit Bogen und Keule am Ufer des Meeres und wartet, was die Wellen bringen; – die Geier und Adler wissen es und lachen, und mein Herz ist wie ihr Flug in der Höhe. Wir lagen versteckt in den Höhlen und Schluchten der Berge, denn des Gebieters Arm war mächtig in der Burg am Wasser; meine Brüder schlug er mit der Peitsche, und meine Schwestern mußten seiner Jungfrau dienen; aber wie der Pfeil aus dem Gebüsch fährt, kam Abambu, der Gott des Todes, über ihn. Das Volk des Meeres hat gesiegt, aber es verging in der Sonne; Onarika, die Schlange, hat es umwunden mit tausend Ringen und ihm das Herz zerdrückt. Ich sehe die Zauberschiffe nicht mehr: der Stab des Königs liegt wieder in der Hand meines Vaters; im Sonnenschein tanzen die Wellen um mein Land; meines Volkes Götter haben uns gerettet: ich trage den Ring der jungen weißen Fürstin; ich bin des Königs Tochter, und meine Brüder und Gespielen bauen mir meine Hütte aus grünem Gezweig auf, wo das stolze Haus des weißen Mädchens über ihr und ihrem Volk zu Boden liegt!« – – – –

Im grauen Winternebel schritt ein alter Mann, angetan mit einem schwarzen Predigerrock, am Strande von Scheveningen auf und nieder – der Prädikant von Ysselmünde, Herr Heinrich Leflerus.

Er hatte den ganzen Morgen hindurch in dem Hause Mynheers van der Does, zwischen dem Vater und der Mutter Georgs, gesessen und den trauernden Eltern immer von neuem von dieser unheilvollen Expedition der hochmögenden Herrn Generalstaaten nach dem Äquator, von dem tapfern Admiral, von Georg und Camilla Drago erzählen müssen. Er war ein guter Prediger, aber ein schlechter Erzähler, und das größeste Grauen hatte er doch immer für sich selber im Herzen behalten: die Eltern durften nur wehklagen und weinen.

Am Nachmittage, gegen die dritte Stunde, hielt er es auch nicht mehr aus in dem Hause. Er schritt durch den Garten und über die schneebedeckte Wiese, auf der einst die junge spanische Gefangene Blumen gepflückt und mit dem wilden niederländischen Knaben Schmetterlinge gehascht hatte. Langsam wanderte er den Kanal entlang, immer weiter fort, dem Meere entgegen. Nun stand er auf den Dünen und sah die Wellen der Nordsee gegen den Strand heranrollen; nun schritt er hin und wider in dem Nebel, geschüttelt vom Frost, in allem Entsetzen der Erinnerung – es drohte Wahnsinn, hier, an einem solchen Tage, jener Sonne von Sankt Thomas gedenken zu müssen.

»Was soll ich fürderhin tun, nachdem ich von einem solchen Wege heimgekehret bin?« sagte er. »Wohin soll ich fliehen vor den Gespenstern, so mich verfolgen? Da ist Ruhe nirgends; die Toten recken die Hände nach mir von jeder Seite. O Pavaosa, Pavaosa, es will kein Gebet, kein Schreien und kein Flehen, keine Arbeit und kein Mühen gegen den Klang deines Namens helfen. O Pavaosa, deine Mauern liegen nieder und halten mich doch gefangen bis ins Grab; es ist keine Rettung aus deinen Wällen. O Pavaosa, die Flammen, welche über dir zusammenschlugen, sind längst erloschen, aber nicht in meiner Brust. Ich sahe sie liegen, deine Kinder, o Pavaosa, und meine Seele ist mit ihnen begraben, wie der Knabe, den ich ohne Harnisch und Schwert zu dir sendete, die Arme vor ihnen auszubreiten. Ich sahe deine Jugend, Lieblichkeit und Schönheit zerrissen und zerfleischt – wehe mir! Ich sah den Rauch deiner Trümmer verwehen über den Wassern und die Spitzen deiner Berge versinken in den Wogen: Dein Name, o Sankt Thomas, hat die Schiffe meines Volkes über den Ozean gejagt; wie Verlorene hat er uns an den Strand der Heimat geworfen. Wir fuhren aus, Männer und Krieger, wir ließen unsere Mannheit und Stärke dir, o Sankt Thomas. Wie Schatten schleichen die Heimgekehrten und fürchten den Anblick des Meeres; denn, siehe, die Wellen schnappen und springen gleich den Hunden und bellen deinen Namen, Pavaosa, Pavaosa!«

Über tredition

Eigenes Buch veröffentlichen

tredition wurde 2006 in Hamburg gegründet und hat seither mehrere tausend Buchtitel veröffentlicht. Autoren veröffentlichen in wenigen leichten Schritten gedruckte Bücher, e-Books und audio-Books. tredition hat das Ziel, die beste und fairste Veröffentlichungsmöglichkeit für Autoren zu bieten.

tredition wurde mit der Erkenntnis gegründet, dass nur etwa jedes 200. bei Verlagen eingereichte Manuskript veröffentlicht wird. Dabei hat jedes Buch seinen Markt, also seine Leser. tredition sorgt dafür, dass für jedes Buch die Leserschaft auch erreicht wird.

Im einzigartigen Literatur-Netzwerk von tredition bieten zahlreiche Literatur-Partner (das sind Lektoren, Übersetzer, Hörbuchsprecher und Illustratoren) ihre Dienstleistung an, um Manuskripte zu verbessern oder die Vielfalt zu erhöhen. Autoren vereinbaren direkt mit den Literatur-Partnern die Konditionen ihrer Zusammenarbeit und partizipieren gemeinsam am Erfolg des Buches.

Das gesamte Verlagsprogramm von tredition ist bei allen stationären Buchhandlungen und Online-Buchhändlern wie z. B. Amazon erhältlich. e-Books stehen bei den führenden Online-Portalen (z. B. iBookstore von Apple oder Kindle von Amazon) zum Verkauf.

Einfach leicht ein Buch veröffentlichen: **www.tredition.de**

Eigene Buchreihe oder eigenen Verlag gründen

Seit 2009 bietet tredition sein Verlagskonzept auch als sogenanntes "White-Label" an. Das bedeutet, dass andere Unternehmen, Institutionen und Personen risikofrei und unkompliziert selbst zum Herausgeber von Büchern und Buchreihen unter eigener Marke werden können. tredition übernimmt dabei das komplette Herstellungs- und Distributionsrisiko.

Zahlreiche Zeitschriften-, Zeitungs- und Buchverlage, Universitäten, Forschungseinrichtungen u.v.m. nutzen diese Dienstleistung von tredition, um unter eigener Marke ohne Risiko Bücher zu verlegen.

Alle Informationen im Internet: **www.tredition.de/fuer-verlage**

tredition wurde mit mehreren Innovationspreisen ausgezeichnet, u. a. mit dem Webfuture Award und dem Innovationspreis der Buch Digitale.

tredition ist Mitglied im Börsenverein des Deutschen Buchhandels.

Dieses Werk elektronisch lesen

Dieses Werk ist Teil der Gutenberg-DE Edition DVD. Diese enthält das komplette Archiv des Projekt Gutenberg-DE. Die DVD ist im Internet erhältlich auf **http://gutenbergshop.abc.de**